AF280254

DIXI DAX und FUXI FOX
oder: wie aus Freunden Feinde wurden

Otto Köhlmeier

DIXI DAX und FUXI FOX

oder: wie aus Freunden Feinde wurden

Eine Geschichte für Kinder von 10 bis 100

An sich lebten die beiden ja friedlich nebenei-
nander. Tür an Tür, sozusagen. Oder besser: Bau an
Bau. Der kurzsichtige aber weitdenkende Dixi Dax.
Und der weitsichtige aber kurzdenkende Fuxi Fox.

„Weißt du, Fuxi“, sagte Dixi Dax öfters und blickte
dabei versonnen zum Himmel, als würde er in den
Wolken etwas erkennen. „Alles, was wir heute tun,
wirkt sich auf das Morgen und Übermorgen aus.“ Und
er begann von Verantwortung zu reden. Und wie wichtig es sei, gut auf unsere Welt aufzupassen. Aber lange
kam er nicht zu Wort, der Dixi Dax. Ganz schnell
schnitt Fuxi Fox ihm dieses ab. „Bla, bla, bla!“, sagte
der laut und heftig. „Zuerst kommt das Fressen und
dann erst die Moral. Was soll ich mir Sorgen um das
Morgen machen, wenn das Heute so schön ist.“ Was
morgen sei, das sei ihm wurscht. Das Jetzt sei wichtig.
Im Hier und Heute müsse es ihm gutgehen. Und weil
der Fuxi Fox das wesentlich größere Maulwerk hatte
als sein Nachbar, der Dixi Dax, schwieg dieser meist,
weil er wusste, dass es sinnlos war, gegen den Wort-
schwall von Fuxi Fox aufzukommen. Keine Chance.

Aber diese kleinen Meinungsunterschiede waren
nicht weiter schlimm. Denn, wie gesagt: an sich verstanden sich die beiden recht passabel. Und weil der
Dixi Dax ein ruhiger, gutmütiger Geselle war, mit großem Harmoniebedürfnis, und die lauten Ausfälle des
Fuxi Fox still hinnahm, lebten die beiden friedlich und
zufrieden, Bau an Bau, Tür an Tür.

Am Abend saßen die beiden sogar öfters mal zusammen und tranken ein Bierchen. Ein zweites oder gar ein drittes der Fuxi Foxi, während der Dixi Dax eigentlich lieber Kräuterlimonade trank. Selbst das „Schlappschwanz" und „Warmduscher" und „Weich-Ei", das Fuxi Fox dem Dixi Dax hinwarf, wenn der sein Himbeerwässerchen schlürfte, nahm dieser lächelnd hin. Ihn, den Dixi Dax, konnte nicht so schnell etwas aus seiner Ruhe bringen. Nur wenn der Fuxi Fox nach dem dritten Bier ins Reden kam und nicht mehr aufhörte, über die stinkenden arabischen Scheißfliegen, diese Bagage, oder über die dahergelaufenen afrikanischen Feld- und Waldwühlmäuse zu schimpfen, stand Dixi Dax auf, sagte höflich „Gute Nacht, Fuxi Fox!" und zog sich in seinen Bau zurück.

Manchmal spielten sie sogar Spiele miteinander, der Fuxi Fox und der Dixi Dax. Wer die Hagebutte weiter spucken kann. Wer schneller von hier zur vom Blitz gefällten Eiche und wieder zurück laufen kann. Wer den großen Schieferbrocken am Ufer des Flusses hochheben kann. Meist gewann bei diesen Spielen Fuxi Fox. Das Weitspucken, weil er das größere Maul hatte. Das Laufen, weil er die längeren Beine hatte. Und das Steinhochheben, weil seine Muckis ganz schön trainiert waren, während dem Dixi Dax für diese Übung ein klein wenig sein Bauch im Wege stand.

Den Dixi Dax störte es überhaupt nicht, dass zumeist der Fuxi Fox gewann. Im Gegenteil: beinah glücklich war er, wenn er sah, wie sehr sich Fuxi Fox über seine Siege freute. Und er freute sich mit ihm. Aber wehe, es gewann einmal Dixi Dax, was ohnehin höchst selten nur vorkam. Fuchsteufelswild, im wahrsten Sinne des Wortes, war dann Fuxi Fox. Er fluchte und schimpfte und grantelte. Und suchte nach tausend Ausreden, warum der Sieg von Dixi Dax ein Irrtum und sofort aufgehoben werden müsse.

Der Dixi Dax mochte den Fuxi Fox. Vielleicht auch deshalb, weil er sonst wenig Freunde nur hatte. Sehr, sehr wenige. Naja, wer will schon mit einem dickbäuchigen Weichei und Warmduscher befreundet sein, der nichts drauf hat. Rein gar nichts. Auch wenn der noch so lieb und nett und freundlich ist. Eben.

Früh schon hat Dixi Dax erkannt, dass es wahre Freundschaft selten nur gibt. Sehr selten. Dass du Freunde dann hast, wenn es dir gut geht. Dass du Freunde hast, solange sie einen Nutzen von dir haben. Aber wehe, es geht dir nicht mehr so gut, du hast nichts mehr zu bieten. Weg sind sie. Schneller als schnell. Nicht alle sind Freunde, die dir zulachen, die dir auf die Schultern klopfen, die dich hoch leben lassen. Dixi Dax hat das schnell durchschaut, dieses Spiel, das so viele miteinander spielten. Und spielte nicht mit. Hatte deshalb auch kaum Freunde. Aber das machte ihm nichts aus. Denn auf falsche Freunde verzichtete er gerne. Und Fuxi Fox … na, ja …

Ganz anders dieser. Fuxi Fox hatte jede Menge

Freunde. Zumindest glaubte er das. Wenn er die hundert Meter in neuer Waldrekordzeit lief, dann jubelte ihm alles zu. Wenn er von seinen Heldentaten erzählte, dann drückte ihm da wie dort einer die Pfote. Und wenn er hocherhobenen Hauptes durch den Wald schritt, dann streckte ihm an jeder Ecke einer den hochgehobenen Daumen entgegen. Dass hinter seinem Rücken gar mancher „Angeber, blöder" in seinen Bart murmelte, das sah und hörte er nicht, der Fuxi Fox. Wollte dies auch gar nicht sehen und hören.

Auch wenn der Dixi Dax den Fuxi Fox recht gern hatte, dachte auch er sich manchmal, dass er schon ein bisschen ein Angeber sei, der Fuxi Fox. „Ein bisschen ein Angeber ist er schon!", ging es ihm vor allem dann durch den Kopf, wenn der Fuxi Fox von seinem Stammbaum zu berichten begann und nicht mehr aufhörte, wenn er in den höchsten Tönen und ohne Unterlass von sich und seinen Vorfahren, von seiner stolzen Geschichte zu erzählen begann.

Nein. Kein Erzählen war's. Mehr ein Schwärmen. Ein innerliches Jubeln über sich selbst und die Seinen, vom großen Fuxi Fox und seinen wunderbaren, einzigartigen Vorfahren. Er saß dann da, der Fuxi Fox, mit großen Augen. Aber diese großen Augen sahen nichts vor sich oder neben sich oder über sich oder unter sich. In einer anderen Welt waren sie, seine Augen. In der Welt von Fuxi Fox, seiner Väter und Vorväter, seiner ruhmreichen Ahnen. Weniger dem Dixi Dax als sich selbst schien er zu erzählen. Wie in Trance saß er da und mit seinen großen Augen schien er sie vor sich zu sehen, die Heldentaten, die seine Vorfahren vollbracht haben sollen.

Von seinem Urgroßvater schwärmte er, der vor langer, langer Zeit ein Vertrauter des damaligen Herrschers Franz-Josef von und zu Waldhausen, einem blaublütigen, blutrünstigen Leitwolf von adeligem Geschlechte, gewesen sein soll.

Und seinen Großvater, einen prächtigen Braunfuchs, ließ er aus dem Grabe auferstehen und im Stechschritt über die Lichtung marschieren und mit seiner Kompanie an Heimwehrmännern den Aufstand der Rechtlosen, des aufbegehrenden Kleingetiers der Schutzbundlinken, niederwalzen.

Und wenn er von seinem Vater erzählte, der vor einem Jahr beim Kampf gegen die Rebellen im Osten des Waldes ums Leben kam, dann entstand das Bild eines Helden, der sich für die „echte" Heimat, für das „echte" Vaterland opferte, wie das der Fuxi Fox mit hehren Worten umschrieb.

Auch wenn sich der Dixi Dax manchmal dachte, dass er schon ein klein wenig ein Angeber sei und nicht wirklich alles glaubte, was der Fuxi Fox da so von sich gab, hörte er zu. Geduldig. Einfach, weil er ein freundlicher Zeitgenosse war und es für ihn selbstverständlich, andere ausreden zu lassen und zuzuhören. Das hatte er von seiner Schwester gelernt. Die hat ihn nämlich großgezogen, nachdem seine Mutter früh schon bei einem tragischen Unfall ums Leben gekommen war.

Seine Schwester hat ihn nicht nur großgezogen. Sie hat ihn auch erzogen. Hat ihm klar gemacht, was gut und was nicht gut. Sie lehrte ihn, das Schöne zu sehen, die Augen für das Wesentliche zu öffnen, dahinter zu schauen.

Nicht nur um ihn, auch um die anderen Geschwister hat sie sich nach dem Tod der Mutter gekümmert, seine Schwester. Und das, obwohl sie nur unwesentlich älter war als Dixi Dax. Der Vater von Dixi Dax und seiner Schwester und den anderen Dax-Kindern, der war der Meinung, dass Kindererziehung nichts für einen Mann. Und ließ es deshalb. Und ging seine Wege. „Wir Männer sind dafür nicht geboren!“, sagte er. Und wiederholte, was Männer seit Jahren, ja seit Jahrzehnten, seit Jahrhunderten sagen. Und es glauben. Und es deshalb lassen, ohne es je versucht zu haben. „Das ist nichts für Männer! Rein gar nichts!“, sagte er nochmals, der Vater, der nie ein Vater war. Und ging einfach.

Während für Fuxi Fox sein Urgroßvater und sein Großvater und sein Vater und natürlich er selbst - der Fuxi Fox - die großen Helden waren, so war für Dixi Dax seine Schwester das Größte. Er bewunderte sie, wie sie das alles hinbekam. Die Dax-Kinder zu versorgen, zu pflegen, zu erziehen. Nicht nur ihre Bäuche voll zu kriegen, auch ihren Herzen Süßes zu schenken und ihren Geist zu fordern.

Auch die Hasenmama Gräulich bewunderte Dixi Dax, die alle drei, vier Monate fünf, sechs Kleine zur Welt brachte und diese allein durchfütterte. Und auch das Fräulein Hermeline, diese wunderschön behaarte junge Dame, schätzte er sehr, pflegte die doch mit größter Liebe und Sorgfalt ihre Mutter, die vor Jahren in eine Marderfalle tappte und dabei ihre beiden Vorderbeine verlor.

„Komisch!", dachte sich Dixi Dax. „Die Helden von Fuxi Fox sind alles Männer. Meine Helden sind alles Frauen. Eigenartig!".

Wenn Dixi Dax von seinen Heldinnen – seiner Schwester, der Hasenmama, der Hermelinenfrau – zu erzählen begann, nachdem Fuxi Fox mit seinen Schwärmereien rund um seine großen und großartigen Ahnen und Vorfahren fertig war, dann kam er zumeist nicht sehr weit, der Dixi Dax. Kaum, dass er ansetzte und bewundernd von seiner Schwester und ihren Taten zu berichten begann, fiel ihm der Fuxi Fox auch schon ins Wort. „Bla, bla, bla …!", unterbrach er mit einem verächtlichen Blick die Worte von Dixi Dax. Was es da zu bewundern gäbe? Nicht, dass er fragte. Nein. Er stellt fest. Da gäbe es nichts zu bewundern. „Weibersache! Nicht mehr. Weibersache!". Und fertig war die Erzählung von Dixi Dax. Kochen und den Haushalt führen und die Kinder und die Alten zu versorgen, das sei ja nun wirklich keine Leistung, das sei ja das Letzte, gerade gut genug eben für Frauen, stellte Fuxi Fox unmissverständlich fest.

Während die einen ihren Nachwuchs mit Härte erzogen, mit Hiebe und Schlägen zu Zucht und Ordnung trieben, versuchten andere es mit Liebe, mit Geduld und Zuwendung. „Junge Geschöpfe darf man nicht brechen!", hatte die Mutter von Dixi Dax immer wieder gesagt. Und das hat sich die Schwester von Dixi Dax zu Herzen genommen. Und hat ihn und seine Geschwister nach dem Tod der Mutter genau so groß gezogen. Mit Wärme und Herzensblut. Ohne böses Wort. Und ganz ohne Schläge.

Fuxi Fox hingegen, in einem stark männlich dominierten Bau aufgewachsen, in dem Frauen lediglich die Pflicht hatten, die Hütte sauber zu halten, für Verpflegung zu sorgen und die Bedürfnisse des Mannes zu befriedigen, wurde zu Gehorsam und Härte, zu Zucht und Strenge gedrillt.

Trotz der unterschiedlichen Erziehungsmethoden, trotz der damit verbundenen unterschiedlichen Entwicklung des Denkens und Handelns der beiden: Lange Zeit hielt sie an, die friedliche Nachbarschaft von Fuxi Fox und Dixi Dax. Lange Zeit nahm Dixi Dax in seiner gutmütigen Art die Vorherrschaft von Fuxi Fox in ihrer Freundschaft hin. Hatte sogar Verständnis dafür. Dass er nicht eine Schwester gehabt habe, wie er. Dass ein strenger Vater ihn schon als Kind zu eiskalten Bädern und zum Überlebenstraining in sibirischen Winternächten zwang. Dass er als stolzer Erbe einer langen Familientradition seine Brust rauszustrecken und das große Wort zu führen habe. Immer wieder suchte er nach Gründen für die - selbst für ihn, den verständnisvollen Dixi Dax - doch recht herrische und übertriebene Art von Fuxi Fox. Und immer wieder sagte er sich: „Ach was! Er kann ja nichts dafür. Er wurde so erzogen. Und was soll's: er ist ja mein Freund!".

Und doch: wenn der Fuxi Fox ihm die Faust gegen die Brust stieß und ihm zurief, er solle endlich ein Mann werden, ein richtiger Mann, dann fragte sich der Dixi Dax immer öfters mal, was das denn sei, ein richtiger Mann. Und er fand keine für ihn passende Antwort. Und er sagte sich immer öfters, dass er so wie Fuxi Fox, auch wenn der sein Freund sei, eigentlich nicht werden wolle. Aber - gut erzogen wie er eben war, der Dixi Dax - das laute Gehabe von Fuxi Fox, das prahlerische Gerede von seinen männlichen Vorhaben, nahm er einfach hin. Halbherzig zwar, auf einem Ohr nur noch lauschend, aber doch. Des lieben Friedens willen, ihrer Freundschaft wegen.

„Der Mai ist gekommen, die Bäume schlagen aus …!". Gewöhnlich lag der Dixi Dax um diese Jahreszeit im saftig-grünen Gras, blickte hoch zum blühenden Fliederbusch, ließ sich die Sonne auf den Bauch scheinen und dachte sich, wie friedlich und schön doch das Leben. Und summte vergnügt das Liedlein, das ihm seine große Schwester beigebracht hatte. Selbst wenn Fuxi Fox ein klein wenig nervte und neben ihm liegend nicht den blauen Himmel sah und das Summen der Bienen hörte, sondern die blutig-kriegerischen Taten seines Urgroßvaters erschaute und kommentierte, ließ sich Dixi Dax die Schönheit solch eines Maientages nicht nehmen.

Doch in diesem Jahr, in diesem verflixten Jahr, in dem sich so viel änderte, war auch der Mai nicht mehr das, was er einmal war. Heftige Gewitterwolken zogen über das Land. Immer wieder Blitz und Donner, ein fürchterliches Krachen und Dröhnen. Ungewöhnlich für diese Jahreszeit. Und heftig, sehr heftig, waren auch die Regenfälle.

An einem der Nachmittage war es ganz besonders arg. Von einer Minute auf die andere verfinsterte sich die Sonne. Finster wurde es, wie im Dachsbau, im fünften Kellergeschoss. Kaum dass die Dunkelheit einsetzte, ging es auch schon los. Und wie. Der Himmel bebte. Die Erde zitterte. Der Sturm setzte ein. Einen Hagel, Eiskristalle, groß wie Enteneier, trieb er vor sich her. Als würd der Himmel Rotz und Wasser weinen, kam es wie aus Kübeln geschüttet aus den Wolken. Unaufhörlich. Immer mehr. Noch mehr. Als hätte die Hölle sich aufgetan und wär mit all ihrer Urgewalt über den Wald gekommen.

unseren Vätern und Großvätern geerbt und das wir zu erhalten ihnen versprochen haben. Wir müssen unsere Vergangenheit schützen, um unsere Zukunft zu sichern!". Damit begann er das Lied vom Wald – „der Wald, der Wald, unser heimischer Wald" – zu singen. Und immer mehr seiner Freunde, der wahren Vaterlandsliebenden, stiegen in das Lied mit ein, mit immer mehr Begeisterung, johlten beinah, und zogen los, Richtung Waldgrenze, das Land zu bewachen, die Heimat zu schützen.

Natürlich hielten die selbsternannten Wald- und Heimatschützer keinen der vielen Fremden, die da kamen, vom Betreten der Waldesgrenze ab. Konnten dies gar nicht. Denn die Kreaturen, die da kamen, waren derart geschwächt, dass sie keinen Schritt zurück tun hätten können. Die waren so kaputt und fertig, dass sie vielfach vor Fuxi Fox und den seinen zusammenbrachen und es ihnen völlig egal gewesen wäre, wenn sie von den Grenzwächtern halbtot geschlagen worden wären. In ihrem Elend nahmen sie alles hin, alles. Selbst das endgültige Ende war ihnen lieber als dieses unendlich langsame Sterben über Wochen und Monate.

„In unserem schönen Wald habt ihr nichts verloren. Wir wollen euch nicht. Also verschwindet! Kehrt dorthin zurück, wo ihr hergekommen seid!" Nichts half. Selbst noch so laute Schreie. Nicht einmal Hiebe. Im Gegenteil. Ob denen brachen sie endgültig zusammen, die Fremden. Und die Heimatschützer wussten dann nicht so recht, was tun. „Wenn mir die hier so liegenlassen, verrecken die und fangen an zu faulen und zu stinken. Und das wäre für unseren Wald schlimmer noch als ein paar fremde Gebete und Gedanken. Holt also Dixi Dax und seine Gutgläubigen und Herzensgütigen, damit sie die elende Bagage hier wegbringe, bevor sie mit ihrem Leichengestank den Wald versaut!"

So wie Tschäki Tschak hatten sich auch viele andere der einstigen Fremden bestens im Walde eingelebt. Kaum dass sie sich von ihren Leiden erholt und wieder halbwegs bei Kräften waren, halfen sie, wo sie helfen konnten. Dankbar, der Katastrophe und dem sicheren Tod entronnen zu sein (oder besser gesagt: entlaufen zu sein, im wahrsten Sinne des Wortes, nämlich durch monatelange Fußmärsche), bemühten sie sich, ihren Rettern unter die Arme zu greifen, wo immer dies möglich war, ihre Dankbarkeit zu zeigen, indem sie da und dort anpackten, die Heimischen in ihrem Tun unterstützten.

Wohl war bei vielen, auch wenn die Wundmale an Kopf und Rumpf und Beine so gut wie verheilt waren, eine tiefe Traurigkeit im Geschau, ein Leid und Weh um Aug und Mund erkennbar. Nicht nur der Verlust der Heimat schmerzte. Auch der von Vater und Mutter, von Bruder und Schwester, vom Kind und den Kindern. Und doch war da keine Hoffnungslosigkeit. Und schon gar keine Aggression gegen die Welt ob ihrer Ungerechtigkeit und ihres grausamen Vorgehens gegen sie und die ihren.

Dass er seine Frau und seine drei Töchter zurücklassen habe müssen, verriet der mongolische Yak. Dass er sie alle vier aber sobald wie möglich nachholen wolle, um Milch und Käse für viele Bewohner des Waldes zu liefern. Dass er nur hoffe, dass sie alle vier die Dürre bis dahin überstehen mögen. Und der bengalische Tiger, der gerade noch dreißig Kilo wog, als er im Walde ankam und dessen Leben an einem seidenen Faden hing, meinte, dass zwei seiner Brüder auch auf der Flucht vor der Hölle seien. Und dass er hoffe, dass sie ihn hier finden. Sie würden dann – das verspreche er beim Gedenken an seine verstorbene Mutter – den Wald beschützen vor all dem Bösen, sodass nie wieder jemand Angst zu haben brauche.

Auch wenn der Tschäki Tschak mit dem Fuxi Fox beim Dixi Dax unter einem Dach, in einem Bau lebte, wirkliche Freunde wurden die beiden nie. Obwohl der Tschäki Tschak einst ja feststellte, dass sie beide aus ein und derselben Großfamilie stammen und folglich verwandt miteinander sein müssen, und obwohl der Tschäki Tschak sich sehr bemühte und dem Fuxi Fox stets höflich und freundlich begegnete, war dieser recht schroff und einsilbig gegenüber dem Goldschakal. Vielleicht auch deshalb, weil dessen Fell nun – nach überstandener Krankheit und der liebevollen Pflege durch Dixi Dax – mindestens so strahlte wie das von Fuxi Fox. Und er deshalb – obwohl von fremder Kultur und fremdem Blute – von mancher weiblichen Waldbewohnerin gern gesehen und da und dort auch eingeladen wurde. Vielleicht war er also einfach nur eifersüchtig, der Fuxi Fox. So genau wusste man bei ihm ja nie, woran man war.

Er sei und bleibe ein Fremder, meinte Fuxi Fox zu Dixi Dax, wenn dieser ihn aufforderte, nicht gar so abweisend und garstig gegenüber Tschäki Tschak zu sein. Und so blickte er weiterhin bewusst zur Seite, wenn Tschäki Tschak ihn etwas fragte. Und er tat, als hätte er ihn gar nicht gehört, als wäre er gar nicht hier, wenn Tschäki Tschak ihm seine Hilfe anbot. Und überall im Wald verbreitete er ganz schlimme Lügen über den Goldschschakal. Dass er nach Knoblauch stinke und sein Urin schwarz wie Öl sei. Dass er sich Nacht für Nacht selbst befriedige und einmal sogar versucht habe, ihn – den Fuxi Fox – anzusteigen. Dass er um Mitternacht öfters mal den Bau verlasse und mit blutverschmierter Schnauze heimkehre.

Als der Fuxi Fox den Tschäki Tschak einmal lauthals plärrend als Kameltreiber und Drecksau, elendigliche, beschimpfte (nur weil dieser den Fußboden im Dachsbau frisch eingelassen hatte und es Fuxi Fox daraufhin ordentlich auf den Hintern setzte), reichte es Dixi Dax. Wenn er sich nicht um ein friedliches Miteinander bemühe, dann müsse er eben gehen, der Fuxi Fox. Und schauen, ob er seinen alten Bau wieder in

Betrieb nehmen könne. Oder sich ein neues Zuhause schaffen. Oder sehen, dass er sonst wo unterkomme.

Weil der Fuxi Fox aber anderes, wichtigeres zu tun hatte, nämlich sich um die Heimat und deren Schutz zu kümmern, hatte er keine Zeit, Aufräumarbeiten an seinem verschütteten Bau vorzunehmen. Oder gar dazu, ein neues Zuhause sich zu graben. Und bei einem seiner Heimatschutzfreunde wollte er keinesfalls unterkommen. Zu sehr waren deren Bauten versaut und verdreckt und verludert. Da blieb er dann doch lieber bei Dixi Dax. Und nahm ihn hin, den Fremden. Und ließ – des Frieden wegen – seine Sticheleien und bösen Worte gegenüber Tschäki Tschak. Zumindest dann, wenn Dixi Dax in der Nähe war.

Beinah jede der Waldfamilien hatte in der Zwischenzeit einen Fremden bei sich aufgenommen. Manche sogar zwei oder drei. Weil die Wolfsmutter gerade vier Kinder durchfütterte, meinte sie, dass es da für zwei tasmanische Beuteltiger auch noch reichen würde. Und bot diesen in ihrem Familienverband Unterschlupf. Und Herr und Frau Steinbock kümmerten sich nicht nur rührend um die mexikanische Wüstenschildkröte, die den längsten Fluchtweg hinter sich hatte, war sie doch insgesamt über fünf Jahre unterwegs, um den rettenden Wald zu erreichen. Sie sorgten sich auch um ein australisches Buschkänguru, das mit schlimmen Brandwunden der Feuerhölle im Heimatland entfliehen konnte.

Natürlich blieb es auch bei Dixi Dax nicht bei Tschäki Tschak, dem Goldschakal. Weil er, Dixi Dax, den meisten Wohnraum hatte, sein Bau – wie schon erwähnt – rund fünf Meter in die Tiefe reichte und über zahlreiche Wohnkammern verfügte, bot er Neuankömmlingen immer wieder mal Platz. Voraussetzung war nur, dass die Bewohner nicht größer waren als Tschäki Tschak, dem körperlich stärksten der Baubewohner, der gerade noch durch die einzelnen Gänge kam. Der asiatische Wasserbüffel oder das Steppenzebra aus der Serengeti wären also im Bau von Dixi Dax schwer nur unterzubringen gewesen.

So kümmerte sich Dixi Dax zwar immer wieder um Fremde, die von durchaus großen Körpermaßen waren, hegte und pflegte diese. Aber in seinen Bau, da holte er sich ein argentinisches Nasenbärchen, das chilenische Zweggürteltier, zwei namibische Erdmännchen und andere eher kleinwüchsige Flüchtlinge aus aller Welt. Größere wären in den engen Gängen steckengeblieben und wären – nach ihrer Flucht vor dem Tod – tödlich im Dax-Bau verendet.

So klein sie auch waren: Fuxi Fox mokierte sich immer wieder mal über die neuen Mitbewohner. Zwar lange nicht mehr so heftig wie dereinst, als er sich fürchterlich über Tschäki Tschak aufregte. Leicht nur war sein Protest. Und meist nur in Abwesenheit von Dixi Dax. Weil er ja dessen Reaktion kannte: „Wenn's dir nicht passt, kannst du dir gerne eine neue Bleibe suchen!“.

Der beste Freund von Fuxi Fox war in der Zwischenzeit nicht mehr Dixi Dax, den er zwar ob seiner Bereitstellung von Bett und Zimmer nach wie vor akzeptierte (gezwungenermaßen), mit dem er sich aber lange nicht mehr so intensiv austauschte wie dereinst. Der beste Freund von Fuxi Fox war seit einiger Zeit Rata Tutu, die dicke Bisamratte, mit der er sich ausgezeichnet verstand. Vor allem, was die Bedenken gegenüber all den Fremden anbelangte. Und auch deshalb, weil Rata Tutu nicht viel dazwischen quatschte, wenn Fuxi Fox mit seinen Reden loslegte.

Rata Tutu verschwieg Fuxi Fox, dass sie eigentlich weiblich sei. Sie ließ ihn im Glauben, dass sie ein Mann. Sie wusste ja, dass Weiber in der Gruppe der Heimatschützer wenig nur galten und Fuxi Fox eine richtig tiefe Aggression gegen Frauen hegte. Also verschwieg sie, um die Freundschaft mit ihm nicht zu gefährden, ihr wahres Geschlecht. Sie bemühte sich, eine Oktave tiefer zu sprechen wie gewöhnlich, achtete penibel auf eine exakt gestutzte Frisur und versteckte ihre Titten unter dem dicken Fell. Und das ging auch gut. Zumindest für lange Zeit.

„Schön, dass wir uns so gut verstehen“, rief Fuxi Fox seinem neuen Freund Rata Tutu zu und machte ihn sich auch schon untertänig. „Weiß du was: ich bin ja der Sturmanführer zu Lande. Im Feuchten und Nassen, da kenne ich mich nicht so gut aus. Also mache ich dich zum Sturmanführer zu Wasser. Na, wie klingt das?!" Rata Tutu musste nicht lange gebeten werden. Er strahlte über das ganze Gesicht. Fuxi Fox und seine Worte waren ihm nicht nur Befehl. Sie waren ihm auch eine große Ehre. War er doch auch einer derer, die für den Schutz der Heimat, den Schutz von Wald und Wies, von Bach und Fluss aufmarschierten und sich laut und stark machten.

„Wäre ja noch schöner, wenn da – nach Antilopen, Kängurus und Stinkbären, die unseren Wald versauen – jetzt auch noch Krokodile, Walrosse und tausende Pinguine unsere reinen und klaren heimischen Gewässer verdrecken würden!" Also positionierte sich Rata Tutu mit den seinen entlang des Baches. Und Fuxi Fox verteilte seine Leute an den Walddurch- und -zugängen. Und beide – die Sturmschar um Rata Tutu zu Wasser wie die Sturmschar von Fuxi Fox zu Lande – bemühten sich, Eindringlinge von außen aufzuhalten und abzuweisen.

Wobei – wie schon gesagt – von Eindringlingen eigentlich keine Rede sein konnte. Viel zu kraftlos waren die Ankommenden, als dass sie eindringen hätten können. Da fehlte jeglicher Saft für jegliches Eindringen. Jede Feldmaus hätte die Fremden aufhalten können. Selbst der kleine Mistkäfer hätte – ohne größere Anstrengung – im Ringkampf die Fremden in die Knie gezwungen. Sie hatten also leichtes Spiel, die Sturmtruppen um Fuxi Fox und Rata Tutu. Ein zart gehauchtes „Halt!" hätte schon genügt, die Flüchtlinge anzuhalten.

Weil sie es aber so gerne taten und es ihnen Kraft und Autorität zu verleihen schien, brüllten sie es geradezu heraus ihr „Halt!" und „Stopp!" und „keinen Schritt weiter!" Dann allerdings, nachdem die Fremden vor lauter Erschöpfung (und nicht ob ihrem lauten Geschrei) vor den Sturmtruppmannen zusammenbrachen, da mussten dann Dixi Dax und die vielen anderen Waldbewohner, also die, die keine Angst vor den Fremden hatten, her. Zum Wegtragen und Versorgen, zu Pflege der ob ihrer Flucht kraftlosen Wesen, die sich vielfach nicht mehr auf den Beinen halten konnten.

Zwar spielten sich die Heimatschützer rund um Fuxi Fox und Rata Tutu vor den ihren ordentlich auf und schwangen große Reden über das Echte und Wahre und riefen zur Säuberung des Waldes und des Baches vor allem Fremden auf. Aber trotz Worten wie „nieder mit der fremden Brut!" oder „treibt die Schmarotzer aus dem Land!", zu tatsächlichen Handgreiflichkeiten, zu wirklicher Gewaltanwendung kam es kaum. Zu groß und gewichtig war die Gruppe um Dixi Dax, war die Mehrzahl der Waldbewohner, die friedlich und harmonisch mit den Neuen lebten.

Dieses friedliche und harmonische Zusammenleben hing damit zusammen, dass – wie an anderer Stelle schon gesagt – die Fremden das Wissen und Können, das sie aus ihrer Heimat mitbrachten und das den Waldbewohnern bisher fremd war, zum Wohle der Allgemeinheit einsetzten und so wichtige Beiträge zur Entwicklung des Waldes leisteten. Beinah jeder Waldbewohner sprach in der Zwischenzeit eine zweite Sprache. Manche gar eine dritte. Und die Zugewanderten beherrschten bald schon fast fehlerfrei die Sprache des Waldes. Nur Fuxi Fox und die seinen weigerten sich, außer ihren Floskeln, die wie mit Hammer und Eisen in ihr Hirne gemeiselt schienen, etwas Neues zu lernen. Wenngleich auch von ihnen immer wieder mal ein „hi" oder „tschau" zu hören war und sie von Handy und Laptop redeten. Aber das war ihnen nicht weiter bewusst.

Es war einfach toll zu sehen, wie sich die Waldbewohner bald mal die Anregung des kubanischen Flamingopärchens zu eigen machten, das sich hinstellte und die Arbeit des gemeinsamen Heidelbeerpflückens mit einem Reggae-Song in Angriff nahm. Beschwingt, rhythmisch und mit viel, viel Lust und Spaß und Freude. Und die so den Waldbewohnern bewusst machten, dass mit Musik und Klang und Lied alles viel, viel einfacher und leichter von der Hand gehe.

Bald alle Waldbewohner profitierten vom Wissen der afrikanischen Wüstenfüchse rund um den Bau von Bewässerungsanlagen. Und der Helmkasuar aus Neuguinea machte der männlichen Waldbevölkerung klar, dass Kinderaufzucht nicht nur Frauensache sein muss,

sondern dass durchaus auch Mannsbilder Eier bebrü-
ten und sich um Küken kümmern können. Das Wissen
und Können der einen bereicherte das Leben der anderen. Und umgekehrt. Ein fröhlicher Austausch war's,
von dem alle etwas hatten. Nur nicht Fuxi Fox und die
seinen. Aber was auch: die hätten sich kaputt gelacht,
wenn sie von eierbrütenden Männern gehört hätten.
Und hätten den Sager dieser Worte als Trottel und
Vollkoffer, vollen, hingestellt.

Manchmal kam es sogar zu mehr als nur zu freund-
schaftlichen Beziehungen zwischen Einheimischen
und Fremden. Wie es halt öfters so ist: man kommt
sich näher, immer näher. Und ist bald unzertrennlich.
So turtelte der ortsansässige Goldfasan mit recht auf-
fälligem und unübersehbarem Balzverhalten vor der
Marabu-Dame, die von den Sundainseln in den Wald
geflüchtet kam. Und offenbar ist es nicht nur beim
Turteln geblieben. Denn bald schon schlüpfte aus einem Ei ein wundersames Wesen, das halb heimisch
und halb fremd war.

„Gut so!", sprach Uku Lele, die alte Eule, das weiseste und klügste Wesen im Walde, auf deren Rat alles
hörte (bis auf Fuxi Fox und die seinen). „Dies sei sogar
sehr gut!", wiederholte sie. Und meinte, dass eine
Blutauffrischung dem Wald recht gut tun würde, um
nicht Gefahr zu laufen, die Heimat letztendlich geis-
tesarmen Rotfüchsen und hirnlosen Bisamratten zu
überlassen und dadurch an Dummheit auszusterben.

So verliebte sich Eudorika, die Rotstirngazelle aus der Sahelzone, unsterblich in Herrmann, den prächtigen Achtzehnender-Rothirsch. Die rotbraune Elefantenspitzmaus aus Ostafrika verschaute sich in Ferdinand, den Waldmaulwurf. Und Susi, das heimische Eichkätzchen, sprang mit dem kleinen Gibbonäffchen aus Borneo in den Baumwipfeln um die Wette.

Auch wenn all die Neuankommenden – ob aus Süden, Osten oder Westen – von ihrer Flucht vor Trockenheit, Dürre und Buschbränden die einen, von Regenmassen, Überflutungen, Tornados und Sturmböen die anderen berichteten, auch wenn die einen von tausend Toden durch Verdursten, die anderen vom Massensterben durch Ersaufen erzählten, und viele der Fremden um Bruder und Schwester trauerten, herrschte im Walde – trotz Fuxi Fox und seinen Schreihälsen – ein recht harmonisches und friedvolles Dasein. Heimische und Fremde bemühten sich, gemeinsam das Leben so lebenswert wie möglich zu gestalten. Man half einander. Man unterstützte sich gegenseitig. Man genoss gemeinsam die Stunden, in denen es nichts zu tun gab und man Zeit für die Muse hatte, mit Spiel und Lied und Gesang.

Die Heimischen, Dixi Dax und die anderen, erzählten von gestern und vorgestern, erzählten Geschichten aus dem Wald, Märchen und Sagen von einst. Und die Fremden sangen ihre Lieder, tanzten ihre Tänze. Von längst vergangenen Tagen berichteten die einen. Von den Freuden am Hier und Jetzt frohlockten die anderen. Trotz allem, trotz alledem, hatte man Spaß, ließ man sich das bisschen Leben nicht versauen. Dabei kam man sich näher und näher. Und wurde mehr noch zu Bruder und Schwester, zu Schwester und Bruder in Herz und Geist.

Wohl war auch im Wald immer wieder ein bisher nicht gehörtes Grollen zu vernehmen. Wohl lag ein bisher nicht wahrgenommener Geruch in der Luft, der das Atmen erschwerte. Wohl spürte jede und jeder das Knarren und Jammern der Bäume, sah die Veränderung von Gras und Busch, das weniger werdende Grün, die Vermehrung von Gelb und Braun. Und doch hofften viele, trotz der mahnenden Worte von Dixi Dax, dass es bald wieder besser werde.

Zwar waren der Regen weniger, viel weniger als dereinst. Dafür aber, wenn sie kamen, kamen sie umso heftiger. Mit Wut und Zorn schienen sie vom Himmel zu fallen, mit Wucht kamen sie und nahmen mit, was immer sich ihnen entgegenstellte. Und die Hitze wurde mehr und mehr. Und trocknete das Land aus, ließ Bäche zu Rinnsalen und Seen und Teiche zu Pfützen schrumpfen. Und Schnee … Nur noch die ältesten der Waldbewohner konnten sich erinnern und den jüngeren Geschichten von der weißen Pracht erzählen.

Auch wenn Dixi Dax in Waldversammlungen vor der drohenden Katastrophe warnte und Tschäki Tschak, der bengalische Tiger, das Steppenzebra aus

der Serengeti oder die Rotstirngazelle aus der Sahelzone von ihrer Flucht vor dem sicheren Tod berichteten und zu Vorsicht aufriefen, so recht glaubte niemand an das baldige Ende, wollten die Wenigsten nur
wahrhaben, dass es nicht fünf vor, sondern längst
schon fünf nach zwölf war.

Im Frühling des zweiten Jahres der großen Fluchtbewegung war es, als bereits im April in einzelnen
Lichtungen des Waldes über vierzig Grad gemessen
wurden. Es war heiß, wie oft im Juli und August nicht.
Gar viele alte, kränkliche Waldbewohner schafften es
nicht mehr, gaben auf und sich dem Ende hin.

Selbst an schattigen Waldplätzen, wo das einst tiefgrüne Moos sich gelb verfärbte, war die Hitze kaum
zu ertragen. Huru Hüpf, das australische Buschkänguru, sprang wie wild durch den Wald und warnte da
wie dort vor möglichen Bränden. Die Bewohner sollen
bitte, bitte nicht rauchen und vorsichtig mit Feuer und
Flamme umgehen, bat sie inbrünstig und zeigte dabei
immer wieder auf die vielen Wunden an ihrem Körper,
auf ihren von Blasen überzogenen Bauch, Zeugen des
gewaltigen Buschbrandes in ihrer Heimat.

Das Sprudeln der Waldquellen wurde weniger. Wo
einst fingerdick das Wasser aus dem Fels heraus
schoss, tröpfelte es nur noch. Die Nadeln von Lerche
und Tanne wurden braun und an den Rinden der Fichten fraßen sich die Rüsselkäfer satt und brachen diese
zu Fall. An den Waldrändern und in den Lichtungen

verlor das Gras an Farbe und wurde weniger. Sprünge in der Erde taten sich auf. Und die Waldbewohner stöhnten unter der Hitze, die von Tag zu Tag mehr noch wurde.

„Die Krise ist nicht mehr zu leugnen!", eröffnete Dixi Dax die Versammlung der Waldbewohner. „Niemand kann mehr die Augen verschließen vor der drohenden Gefahr!" Zwar wollten Fuxi Fox und sein neuer Freund Rata Tutu Dixi Dax keinesfalls Recht geben. Aber die ungewöhnliche Hitze und die enorme Trockenheit und die fehlende Nässe konnten auch sie nicht übergehen. Also mussten sie nach anderen Möglichkeiten suchen, die sie für die Veränderungen verantwortlich machen konnten. „Die vielen Fremden sind schuld!", rief Rata Tutu, in der Hoffnung mit seiner raschen und lauten Wortmeldung die Anerkennung von Fuxi Fox zu gewinnen. Der würdigte ihn aber keines Blickes, weil er genau wusste, dass Dixi Dax dieses Argument mit einfachsten Sätzen zunichtemachen würde.

Genauso kam es auch: „Genau! Die, die Fremden sind es. Die heizen die Waldsauna auf über vierzig Grad auf! Absolut Richtig" Selbst manche aus der Gruppe der Schreihälse mussten ob dieser Antwort von Dixi Dax lauthals mitlachen, während Rata Tutu mit hochrotem Kopf am liebsten in den Boden oder – besser noch – in die Tiefen des Teiches (der so tief ja nun nicht mehr war) versunken wäre.

„Natürlich heizen die nicht den Wald auf. Natürlich saufen sie uns auch nicht das Wasser weg, das fehlt. Aber schon mein Urgroßvater, der große Krieger und Sieger über die barbarischen Gottlosen aus dem Hunnenlande, hat unmissverständlich festgestellt, dass die Vermischung von Kulturen zum Untergang führe und deshalb alles Fremde vom natürlich Gewachsenen fernzuhalten sei, um so der Katastrophe zu entgehen. Und vor so einer Katastrophe stehen wir nun. Und deshalb gilt es zu handeln. Und das Faulende am Leibe zu entfernen, um das Gesunde zu erhalten, bevor auch dieses vom Faulendem zerstört wird!“

Einmal mehr sorgte Fuxi Fox mit seinen groß in Szene gesetzten Worten für Aufmerksamkeit. Wenngleich die meisten seiner Anhänger seine Worte schwer nur verstanden und etwas verdattert dreinschauten, begannen einzelne zu applaudieren und „jawoll!“ und „genau!“ und „richtig!“ zu rufen, worauf auch die anderen, die leicht verdattert Dreinschauenden, in den Applaus und die Rufe einzustimmen. Und auch erste Waldbewohner, die bisher nicht zu den Freunden von Fuxi Fox gehörten, applaudierten mit. Zu tief saß bei ihnen die Angst vor dem Verdursten. Zu sehr litten sie unter der Last der Hitze. Zu groß war die Angst, bald ihre Kinder nicht mehr ernähren zu können.

Auch die Worte von Tschäki Tschak halfen wenig. Dass es bei ihnen dereinst auch so begann, mit ungewöhnlich hohen Temperaturen, mit großer Trockenheit, mit versiegenden Brunnen. Und dass es – weil sie eben nicht reagierten, weil niemand etwas tat, weil sie alle einfach nur hofften, dass es wieder besser werden würde und keiner an die Katastrophe glaubte – schlimmer und schlimmer wurde, bis die Dürre alles zerstörte, kein Grashalm mehr wuchs, kein Tropfen Wasser mehr in der Quelle war, die Erde sich auftat und das Feuer alles an Leben verschlang.

Weil es leichter ist, einfachen Erklärung zu folgen, wie der von Fuxi Fox, dass die Fremden an allem Übel schuld seien, als der Aufforderung von Dixi Dax nachzugehen, Maßnahmen gegen die drohende Katastrophe zu ergreifen, schlossen sich immer öfter mal einzelne Waldbewohner den laut schreienden Horden der Heimatschützer und Kämpfer für das Echte und Wahre an.

Das gutgläubige und gottesfürchtige Blindschleichenmännchen, an sich immer um Ausgleich und Harmonie bemüht und bis zuletzt auf Dixi Dax Seite, meinte eines Tages, dass es im Buche des Herren heiße: du sollst nicht begehren deines Nächsten Weib. Dass der zugelaufene schwarze Mamba-Teufel aus Namibia aber immer öfters seiner Frau hinterher gaffe. Und dass er das nicht dulde. Und dass Fuxi Fox vielleicht doch Recht habe und diese gottlosen Fremden uns alle zerstören würden. Und kündigte Dixi Dax darauf seine Gefolgschaft.

Und der Waldmaulwurf Renee, an sich ein netter und verständnisvoller Zeitgenosse, der warf das rotbraune Elefantenspitzmäuschen aus Ostafrika, eine hübsche junge Dame, der er gerne und völlig selbstlos Unterkunft und Heimat bot, aus der Wohnung, weil diese sich weigerte, im Fastenmonat Ramadan sich ihm hinzugeben. „Was die für Ansichten haben! Fürchterlich!", lief er nach seiner Abweisung brüllend durchs Dorf, schwor dem Dixi Dax ab und schloss sich Fuxi Fox und den seinen an.

Ja. Die Zeiten wurden härter. Der Gefahren wurden mehr. Einerseits spielte das Wetter verrückt. Immer noch verrückter. Nicht mehr durchschaubar, unmöglich auszurechnen, vorherzusehen. Selbst die alten Rheumapropheten, die einst jeden Umschwung ahnten und errieten, wagten sich nichts mehr vorauszusagen. Und andererseits riss der Zulauf an Fremden nicht ab. Immer mehr kamen, begehrten Einlass und Aufenthalt, erflehten Wasser und einen Bissen Brot.

Eben deshalb, weil das Wetter immer verrückter spielte, die Natur mehr und mehr aus den Angeln geriet und ihre Geschenke zwangsläufig immer weniger wurden, der Fremden aber immer mehr kamen und so das weniger Werdende mit immer mehr geteilt werden musste, stiegen die Spannungen zwischen diesem und jenem. Heftiger wurden die Worte. Rauer wurde die Sprache. Bald ging Hass im Walde um. Bald konnten sich Freunde, die sich vor kurzem noch bestens verstanden, nicht mehr ins Auge sehen. Bald konnte der Bruder mit dem Bruder nicht mehr reden. Bald prägten Misstrauen und Argwohn das einstige Miteinander im Walde.

Die Veränderungen des Klimas machten sich auch außerhalb des Waldes bemerkbar. Stärker vielleicht noch, heftiger als im Wald selbst. Die Äcker und Wiesen und Gärten, auf allen Seiten dem Walde vorgelagert, litten mehr noch unter Hitze und Trockenheit und den darauf folgenden Regengüssen. Kaum dass Gerste, Weizen, Mais oder Roggen ihre zarten Köpfchen aus dem Boden streckten, wurden sie von der erbarmungslos vom Himmel starrenden Sonne vertilgt und zerfressen. Keine Chance für diese jungen Pflänzchen gegen vierzig, fünfzig Grad Hitze. Und wenn dann, nach Wochen, mal der Regen kam, heftig, waagrecht daherkommend, alles niedermachend, dann ersoffen Kartoffel und Karotte und Zwiebel in einem Meer von Nass, aus dem es kein Entrinnen gab. Und Stürme, mit unglaublicher Geschwindigkeit übers Land fegend, rissen Bäume und Sträucher nieder, zerstörten Apfel, Birne, Zwetschke und mehr.

Weil da wenig nur noch wuchs auf den Feldern außerhalb des Waldes, hatten Kuh und Pferd, Schwein und Esel, Ziege und Schaf und Huhn nichts mehr zu fressen. Und weil bald auch die letzten Halme in den Wiesen abgegrast waren, zogen auch diese Kreaturen Richtung Wald, wo es zumindest vereinzelt noch grünte. Zwar waren das auch Fremde, die da kamen. Aber keine richtige Fremde. Verwandte eher. Näher noch verwandt als Tschäki Tschak, der Goldschakal, mit Fuxi Fox verwandt war. Fast wie Bruder und Schwester. Da war kaum ein Unterschied zwischen den Hauskatzen, die kamen und den Wildkatzen des Waldes. Und die großen Schäferhunde glichen wie ein Ei dem anderen der im Wald ansässigen Wolfsmutter mit ihren Jungen. Und unter den Hausschweinen war eines, das war von Rudi, dem mächtigen Keiler aus dem Walde, kaum zu unterscheiden.

Deshalb auch wurden diese nicht ganz so Fremden selbst von jenen Waldbewohnern akzeptiert, die an sich ja gegen alles Nichtheimische, gegen alles, was nicht echt und arisch und völkisch war, aufschrien und protestierten. Fuxi Fox ging sogar äußerst höflich auf die Neuankömmlinge zu und bemühte sich, sie für sich und seine Sache zu gewinnen. „Willkommen! Willkommen in unserem Walde, der ja auch ein klein wenig euer Wald ist!"

Aber schon mit dem nächsten Satz machte er klar, dass dieser, ihr Wald, bedroht sei. Nicht von Hitze und Dürre und Sturm und Regen. Nein. Von dem Fremden. Und den Fremden. „Nein, nein! Nicht von euch! Ihr seid ja gute Fremde. Verwandte fast. Freunde. Nein, nein! Ihr seid mit Fremden nicht gemeint!"

Eine wilde Horde Asiaten und Afrikaner sei über den Wald hereingebrochen sei. Eine wahre Welle an

Auswärtigen, an Bösen und Aussätzigen, sei hereinegeschwappt. Dass man sein eigenes Wort kaum noch verstehe. Dass man sein eigener Herr im eigenen Wald nicht mehr sei. Und dass damit endlich und endgültig Schluss zu machen sei. Und er drückte Kuh und Pferd, Schaf und Ziege, Esel, Schwein und Huhn ein Flugblatt in die Hand, auf dem ganz oben dick und fett „AUSLÄNDER RAUS" stand. Und nochmals wiederholte er: „Nein! Natürlich nicht ihr. Ihr seid unsere Freunde. Brüder und Schwestern fast! Ihr seid damit nicht gemeint!" Und er lud die Neuangekommenen zur Versammlung der Waldbewohner am nächsten Morgen ein.

Ursprünglich waren die Waldbewohner rund um Dixi Dax, die sich um die Fremden bemühten, die sie – nach ihrer Flucht – aufpäppelten, die ihnen Schutz und Unterkunft boten und sie in den Lebensalltag des Dorfes integrierten, deutlich in der Mehrzahl. Und lange ging das auch gut. Viele Einheimische erkannten und schätzten die Fähigkeiten der Fremden. Und gemeinsam wurde gar vieles erreicht.

Weil aber der Kampf gegen Hitze und Dürre und Trockenheit, gegen Stürme und Überflutungen ein Kampf gegen Windmühlen war, weil immer öfter und schneller und heftiger katastrophale Dinge passierten, verzweifelten gar viele. Und weil mit der wochenlangen Hitze einerseits und den plötzlich einstürzenden Wassermassen andererseits gar vieles zerstört wurde, was die Schönheit des Waldes einst auszeichnete und viel an Fruchtbarkeit, an Grün und Pflanzenwelt verloren ging, wurde auch die Nahrung knapper.

Dabei ließen sich aber immer mehr Bewohner im Walde nieder. Flüchtlinge aus Afrika und Asien und Australien und Südamerika. Binnenflüchtlinge aber auch aus der unmittelbaren Nachbarschaft. Und so änderte sich die Stimmung allmählich. Die Gastfreundschaft wurde weniger. Immer wieder mal ein Fluch auf die stinkenden Araber, den dahergelaufenen Kümmeltürk, den verdreckten Sudaneser. Immer wieder mal ein böses Wort über das Warzenschwein, diese Sau, über die verlausten tasmanischen Beuteltiger, über die namibischen Erdmännchen, diese zwei Schwuchteln.

Und der Zulauf zu den Sturmbanntruppen von Fuxi Fox zu Lande und Rata Tutu zu Wasser wurde immer mehr. Und immer lauter wurde ihr Gebrüll. Auch bei den Treffen und Versammlungen, bei denen Dixi Dax dabei war, vor dessen Wissen und Redegewandtheit sie ursprünglich noch Angst hatten und sich in seinem Beisein vielfach still und ruhig verhielten. Jetzt gab es für sie kein Halten mehr. „Unsere Zeit wird bald kommen! Wir werden unseren Wald aus dem Sumpf herausführen! Haltet euch bereit!“

Im Juli kam es zum ersten gröberen Vorfall. Das mauretanische Warzenschwein, ausgestattet mit einem ausgezeichneten Geruchsinn, war auf der Suche nach Pilzen. Es gab Jahre, da wuchsen um diese

Jahreszeit, vor allem dann, wenn das Wetter etwas feuchter war, Stein- und Herrenpilze, Täublinge und Gelbfuß, Hallimasch und Röhrlinge, Parasol und Pfifferlinge in Hülle und Fülle. Jetzt, seit Dürre und Trockenheit: nichts zu finden. Vergeblich suchten die älteren Waldbewohner, welche die Pilzplätze kannten und genau wussten, wo dereinst die schönsten Prachtexemplare zu pflücken waren. Nichts.

Selbst Mauritia, das Warzenschwein mit der goldenen Nase, die mit ihrem ausgeprägten Geruchssinn aufspürte, was es nur aufzuspüren gab, tat sich schwer. Und musste lange unter verdorrten Dornen wühlen, ehe es fündig würde. Schließlich kam ein stattliches Körbchen zusammen, das es zum Sammelplatz tragen wollte, damit dort die gerechte Verteilung unter den Waldbewohnern vorgenommen werden konnte. „Zuerst die Kranken, Schwachen und Kinder. Und dann alle anderen!", gab in der Regel Dixi Dax das Motto aus, ehe die Sache losging.

Diesmal aber, an diesem Julitag, kam es zu keiner Verteilung der Pilzfunde. Bei der Lichtung unter der dicken Eiche, deren Blätter heuer im Mai schon verdorrten, wartete eine Gruppe der Sturmmänner um Fuxi Fox. Der selbst war zwar nicht dabei, aber einer seiner Stellvertreter, eine ausgewachsene Bulldogge, die er bald nach ihrer Ankunft im Wald zum Gruppenführer ernannte und mit besonderen Vollmachten ausstattete. Neben der Bulldogge lagen da noch zwei

Schäferhunde. Und Hermann, der imposanter Achtzehnender. Jener mächtige Hirsch, der sich damals unsterblich in Eudorika, die Rotstirngazelle aus der Sahelzone verliebt hatte. Weil die ihn aber während ihrer Regel („während meiner Tage nie!") nicht an sich heranließ, warf er sie hochkantig aus dem gemeinsamen Nest und begann wie ein Rohrspatz über die afrikanischen Weiber zu schimpfen und schloss sich schließlich Fuxi Fox und den seinen an.

Außerdem lagen da – neben den Hunden und dem Rothirsch – noch Marder, Ratten, Iltisse und anderes Kleingetier auf der Lauer nach Fremden, die abzuwehren ihre Aufgabe gewesen wäre. Jetzt aber kam kein Fremder daher, sondern Mauritia, das Warzenschweinweibchen. Schon auch eine Fremde, aber eine, die schon längere Zeit im Walde lebte und durchaus gute Dinge für die Waldbewohner leistete. Wie eben die Suche nach gut verborgenen Schätzen, die kaum wer sonst zu finden imstande war.

„Halt!", bellte der Anführer der Gruppe, die Bulldogge. Was sie hier mache und warum und wieso und überhaupt, kam es zack, zack, wie es sich für einen Anführer eben gehört, aus seinem Maul. Das Warzenschwein, der Sprache des Waldes noch nicht ganz mächtig, zeigte auf den Korb. „Hier! Essen! Ich bringe Dixi Dax!" Schon wollte das Warzenschwein weitergehen. Aber: „Stopp! Stopp! Stopp!" stellte sich die Bulldogge breitbeinig hin. Zu verführerisch lachten da die Pilze aus dem Korb. Zu verlockend war die Aussicht auf ein köstliches Mahl nach Wochen des Hungers und der Entbehrung. Auch die Schäferhunde dachten wohl ähnlich und leckten die Mäuler. Wie aus einem undichten Wasserhahn tropfte ihr Speichel. Und das Magenknurren des Achtzehnenders war so gewaltig, dass man es wahrscheinlich überall im Walde hören konnte. Und die Marder und Ratten und Iltisse und all das andere Kleingetier hüpften vor lauter Freude über einen Pfifferling oder Butterpilz wie verrückt um die Wette.

„Nix da, Dixi Dax!", meinte der Anführer der Sturmtruppe. Und griff nach dem Korb mit den köstlichen Pilzen. Das Warzenschwein zog den Korb zurück. Aber da waren schon die beiden Schäferhunde und bissen mit ihren scharfen Zähnen zu, sodass Mauritia aufschrie und den Korb fallen ließ. Schon wollten sich die Ratten über die Pilze hermachen, aber neuerlich schrie der Gruppenführer „Halt!". Und er suchte sich die sechs Herrenpilze und eine Handvoll Pfifferlinge und meinte, das sei für ihn, den Chef der Truppe. Er habe ja die größte Verantwortung zu tragen und somit Anrecht auf den größten Happen. Und nun seien die beiden Schäferhunde, Rex und Rene, an der Reihe. Nachdem die beiden sich bedient hatten, war der Rothirsch dran. Klar, dass danach für Marder, Ratten, Iltisse und das andere Kleingetier nicht mehr viel blieb. Doch diese waren auch mit den Knollenblätterpilzen, den Kartoffelbovisten und den Morcheln zufrieden, die Mauritia gesammelt hatte, um sie zu trocknen und daraus heilsame Pulver zu machen.

Als Mauritia, das Warzenschwein aus Mauretanien, am Versammlungsplatz ankam, ohne Korb und ohne Pilze, aber völlig zerbissen und aus zahlreichen Wunden blutend und erzählte, was passiert war, meinte Dixi Dax nur „jetzt reicht's!". Und man merkte, wie es in seinem Kopf zu arbeiten begann.

Umso lauter schrie dafür Rudi, der mächtige Wildschweinkeiler, der Lebensgefährte und Geliebte von Mauritia, dem Warzenschwein aus Mauretanien.. „Diese Schweine!", rief er. „Diese Drecksäue!" Als er merkte, dass ihn die Umstehenden alle leicht irritiert ansahen, korrigierte er sich und meinte. „Natürlich keine Schweine und Säue, sondern Dreckshunde und Giftratten und …"

Er war ordentlich in Rage, der Rudi. Weil er aber nicht gar so redegewandt war, gingen ihm bald die Worte aus. So sagte er schließlich nur noch „Ich bring sie um!" und wollte schon losmarschieren. Doch Dixi Dax stellte sich neben ihn und mit seinen klugen Worten und seiner liebevollen Art gelang es ihm, den mächtigen Keiler – zumindest fürs Erste – zu beruhigen. Dann, nach einer kurzen Pause: „Heute Abend! Große Versammlung!" Mit ernstem Blick, um Sachlichkeit bemüht, verkündete Dixi Dax dies und wies die Anwesenden an, alle Bewohner des Waldes darüber zu informieren. Es sei wichtig. Es gehe um die

Zukunft.

Zu der Versammlung am frühen Abend kamen sie alle. In Massen strömten sie herbei. Denn nicht nur Dixi Dax rief zum Treffen. Auch Fuxi Fox – der, nachdem er gehört hatte, was geschehen war und ahnte, dass da heute Wichtiges auf dem Programm stehen könnte – schickte die seinen aus, für den Abend einzuladen. Auf Grund der allgemeinen Lage gäbe es diesmal kein Freibier, aber das nächste Mal dafür mindestens zwei. Trotzdem würde einiges geboten, ließ er seinen Freunden und Anhängern ausrichten. Man dürfe sich auf dies und jenes gefasst machen. Und sollte das Ganze keinesfalls versäumen.

Sowohl die Heimischen, die eigentlichen Waldbewohner waren da, als auch die Fremden. Die Fremden aus der unmittelbare Nachbarschaft, die Kühe und Pferde, die Schafe und Ziegen und Esel, die Schweine und Hühner. Aber auch die Fremden aus anderen Ländern, aus anderen Kontinenten. Die Schakale und Antilopen und Nasenbären und Erdmännchen. Die Spannung war groß. Natürlich hatte sich in der Zwischenzeit herumgesprochen, was heute am Nachmittag passierte. Zwar in zwei verschiedenen Varianten wurde die Nachricht weitergegeben. Aber eben dadurch weckte sie umso mehr die Neugier.

Von dem von einer wilden Horde fast zu Tode gebissenen armen Warzenschwein sprachen die einen. Von einer gierigen Drecksau, die für sich und ihre afrikanische Bagage die besten Pilze des Waldes horten wollte, redeten die anderen. Da wie dort im Walde wurde den Nachmittag über noch heftig diskutiert. Jetzt aber, auf dem Versammlungsplatz, war alles still. Eine angespannte Stimmung herrschte, ähnlich der vor vielen Jahren, als der Igel mit dem Hasen um die Wette lief.

Uku Lele, die alte Eule, die weiseste und klügste und erfahrenste der Waldbewohnerinnen, eröffnete wie immer in solchen Fällen die Sitzung. Wie auch sonst immer begrüßte sie mit freundlichen Worten all die Gekommenen, ehe ihre Stimme dann ernster und breiter wurde, tiefer in die Köpfe der Zuhörenden dringend.

Dass heute etwas Fürchterliches passiert sei. Brutale, rohe Gewalt gegen eine Waldbewohnerin. „Gegen eine Fremde!" schrie jemand aus den hinteren Reihen. Uku Lele warf nur einen strafenden Blick in die Richtung des anonymen Schreihalses, schon wurde es ruhig. „Wir leben schon seit ewigen Zeiten friedlich hier im Wald. Auch wenn wir Dürre und Hitze und Flut und Stürme immer mehr zu spüren bekommen: noch geht es uns halbwegs gut. So konnten wir andere aufnehmen und versorgen, denen es nicht so gut ging. Wie war ich stolz auf uns, auf euch, als Wesen, schon halb tot, kurz vor dem Verdursten, kurz vor dem Ende, ankamen und wir sie aufnahmen und hegten und pflegten. Jetzt scheint sich die Stimmung aber zu ändern.

Das, was heute passiert ist, die Anwendung brutalster Gewalt von Waldbewohnern gegen Waldbewohner, von Bruder gegen Bruder, von Schwester gegen Schwester, das darf einfach nicht geschehen. Dafür schäme ich mich zutiefst. Und bitte Mauritia, das Warzenschwein, tausend Mal um Entschuldigung für das, was ihr angetan wurde.“

Niemand rührte sich. Niemand wagte ein Wort zu entgegnen. Zu sehr war Uku Lele als Autorität akzeptiert. Zu groß war ihre Klugheit und ihr Wissen, als dass ihr jemand das Wasser reichen hätte können. „Wir alle sind gefordert, jede und jeder von uns, sich Gedanken zu machen, Gedanken um die Zukunft. Was ist wohl das Beste für unsere Nachkommen? Was wollen wir unseren Enkeln und Urenkeln hinterlassen? Es gibt zwei unterschiedliche Meinungen zur Zukunft unseres Dorfes. Hören wir nun die beiden Parteien um ihre Vorschläge, wie es weitergehen soll. Ich darf zuerst Dixi Dax um sein Wort bitten!“

Wie immer, wenn Dixi Dax etwas sagte, sagte er zuerst einmal nichts. Er stand nur da, vorne, ganz vorne und ließ in aller Ruhe den Blick über all die Dorfbewohner gleiten. Und erst nach fünf, sechs oder noch mehr Sekunden begann er. Dass sie in einer Welt leben, die reich und schön, eröffnete er seine Rede. Und machte dann wieder eine Pause von fünf, sechs oder noch mehr Sekunden. In einer Welt, in der genug für alle da sei. Man müsse diese Welt nur schützen und schonen und das Beste für sie tun. „Aber was machen wir: wir beuten sie aus, wo immer wir können. Wir gehen mit ihr um, als wäre sie das Letzte Und wundern uns, wenn sie stöhnt und quietscht, wenn sie mit Dürre und Trockenheit, mit Sturm und Flut antwortet."

Und er machte klar, dass es nur gemeinsam gelingen könne, der Katastrophe zu entgehen. Dass sie nur miteinander die Probleme beheben können. Dass sie sich gegenseitig alle brauchen und nur zusammen die Zukunft meistern können. Und dass er deshalb zutiefst verurteile, was da heute geschehen sei. „Jedes Lebewesen ist ein Lebewesen. Etwas Lebendiges. Mit Herz und Hirn. Mit Leib und Seel. Und gleich viel Wert. Ob Mann oder Frau, ob Kind oder Greis. Egal, welcher Hautfarbe. Egal, welcher Religion. Was heute Mauritia angetan wurde, von den unseren, von unseren eigenen Brüdern, das darf nicht wieder passieren. Ich fordere deshalb, dass die Übeltäter zwei Wochen Pflegedienst bei von ihrer Flucht schwer gezeichneten Kreaturen machen und sich Tag für Tag deren Geschichte und Leid anhören!"

Ein Raunen ging durch die Massen. Von einer guten Sache sprachen die einen, von einer hirnverbrannten Idee die anderen. Von denen, die von einer guten Sache sprachen, gab es zusätzlich noch Beifall für Dixi Dax. Darauf bat Uku Lele, die Eule, den Vertreter der anderen Partei, Fuxi Fox, um sein Wort.

Und der polterte gleich mal los. Mit der ewig

gleichen Leier. „Unser Wald ist vom Untergang bedroht. Aber nicht durch Hitze und Dürre, nicht durch Sturm und Flut, sondern durch fremde Kulturen, durch fremde Wesen, die uns unterwandern und uns den letzten Bissen wegfressen." Und er wetterte. Und wetterte. Und machte für alles Übel, das es gab, die Fremden verantwortlich.

Und er erhielt ziemlich viel Zustimmung. Immer wieder war ein „richtig!" und „genau!" und „bravo!" zu hören. Und immer wieder gab es auch Applaus. Zwar meinte er, dass Dixi Dax schon recht habe. Noch gehe es ihnen halbwegs gut. Aber wie lange noch? Das sei die Frage. Und er malte Bilder vom baldigen Untergang. Ein Beben werde kommen und Blitz und Donner würden den Wald vernichten, wenn sie nicht zur Tat schreiten würden.

„Und unsere Kinder werden nichts mehr zu Kauen haben und hungers sterben, weil Schmarotzer aus allen Teilen der Welt uns den Reichtum des Waldes wegfressen!" Die besten Bissen würden die sich holen, diese dahergelaufenen Zigeuner, wie eben jetzt dieses Warzenschwein aus Mauretanien, das die schönsten Pilze des Waldes für sich und die ihren Horten wollte.

Und er meinte, dass Hasso, sein Stellvertreter, die Bulldogge aus der Nachbarschaft, sich absolut richtig verhalten habe, als er seine Kampfesgenossen anwies, das Diebesgut sicherzustellen. „Keine Rücksicht mit den Gefährdern unserer Kultur, mit den Bedrohern unseres Waldes, unserer Heimat!" Der Applaus wurde mehr. Noch mehr. Und die zustimmenden Rufe immer lauter. Fuxi Fox spürte das, hörte das. Wurde immer mutiger: „Haut es nieder! Treibt es raus aus unserem Lande dieses fremde Gesindel!"

Es brauchte viel, um Dixi Dax aus der Fassung zu bringen. Ruhig, besonnen wie er war, jedes Wort, das er von sich gab, sich vorher genau überlegend, war er die Ausgeglichenheit in Person. Nie hat ihn jemand aufbrausend oder zornig oder wild gesehen. Jetzt aber, jetzt reichte es auch ihm. „Jetzt reicht's mir aber!", platzte es aus ihm heraus. Heftiger, als man es von ihm gewohnt war (bis auf das eine Mal, als er Fuxi Fox anplärrte, er möge sein Maul halten). Und nach einem kurzen Moment des Atmens, schon wieder ruhiger, fast sachlich, bat er Fuxi Fox seine sieben Sache zu packen und sich eine neue Bleibe zu suchen. Er könne nicht weiter unter einem Dach mit einem Menschen leben, der Gewalt verherrliche und diesen brutalen Angriff auf das Warzenschwein nicht verurteile.

Einen Augenblick herrschte absolute Stille am Platz. Alles war bass erstaunt über diesen Ausbruch von Dixi Dax. Und der Aufkündigung seiner Freundschaft zu Fuxi Fox. Und man wartete gespannt auf die Entgegnung von Fuxi Fox. Der lächelte aber nur. Gestärkt durch die mehrheitliche Unterstützung war er sich seiner Sache absolut sicher. „Bitte, gehe ich halt!", grinste er. „Aber nicht für lange. Denn lange wird das nicht mehr dein Bau, dein Haus, deine Bleibe sein. Denn jetzt wird aufgeräumt. Radikal. Wirst schon sehen!“ Dabei lachte er hämisch. Und grinste breit. Und seine Freunde klatschten wie verrückt in die Hände und schrien: „Hoch unser Fuxi Fox!“. „Ein Heil auf unseren Führer“. Und begannen auch schon ihr Lied zu singen vom Wald, vom Wald, vom schönen Heimatwald, den sie mit Bomben und Granaten verteidigen wollen.

Und tatsächlich ging es bald schon los. Fuxi Fox packte seine sieben Sachen im Dax-Haus und ließ gleichzeitig den Bau der alten Füchsin, einer weitläufigen Verwandten, räumen. Hasso, die Bulldogge, setzte das alte Weiblein im Auftrag von Fuxi Fox samt ihren paar Habseligkeiten vor die Türe von Dixi Dax und überließ sie ihrem Schicksaal. „Sie helfen doch so gerne, diese Gutherzigen!“, lachte Fuxi Fox.

Und dann rief er seine Getreuen zur Versammlung der Wehrhaften und begann mit der strategischen Planung. Ganz im Stile seiner Vorfahren, die mit straff geführtem Reglement einst das Abendland retteten, legte er los. Zumindest war er der festen Überzeugung, dass diese damals das so angingen und heute angehen würden.

„Freunde des heimischen Waldes! Beschützer des Echten und Wahren! Meine Getreuen! Kollegen! Kameraden!“ Die Worte wirkten. Als würden sie stramm stehen, als hätten sie einen Stock im Rücken, so standen sie da: Rata Tutu, die dicke Bisamratte, Stellvertreter zu Wasser von Fuxi Fox. Hasso, die Bulldogge, der Chef der Beißtruppen. Rex und Rene, die beiden Schäferhunde und Stellvertreter von Hasso. Hermann, der Achtzehnender. Bertram, der Ziegenbock. Zentaurus, der Stier, ein Bulle mit über tausend Kilo Lebendgewicht. Einige Marder und Iltisse. Und jede Menge Ratten, an die sich Fuxi Fox gesondert wandte: „Meine allertreusten Diener, denen keine Aufgabe du gering ist. Was bin ich stolz auf euch, die ihr im Dunkeln die wichtigsten Aufgaben erledigt!“

Auch Bunga, die Tüpfelhyäne aus Gabun, die in der Zwischenzeit mit Rex, einem der beiden Schäferhunde liiert war, wollte sich der Truppe anschließen, was von Fuxi Fox aber schnell (und mit einem Satz) abgeschmettert wurde. „Nur heimisches Blut für unseren heimischen Wald!“

Rex hatte volles Verständnis für die Worte des Führers und löste in der Folge nicht nur die Verbindung mit Bunga. Er legte ihr auch nahe, möglichst bald den Wald zu verlassen, weil sie hier ihres Lebens nicht mehr sicher sei. „Wer nicht reinblütiger Wäldler, der muss rasch und schnell das Weite suchen! Lauf, soweit du laufen kannst!“

„Wir wollen keinen Kampf. Aber wenn er uns aufgezwungen wird, dann werden wir ihn führen. Und jetzt können wir nicht mehr anders, Freunde! Ab heute wird zurückgeschlagen!“ Mit Jubel und „Hoch“-Rufen und zum Himmel gestreckten Armen löste sich die stramme Habt-Acht-Haltung der Fuxi-Fox-Truppe nach diesen Worten ihres Anführers. Und es dauerte ein paar Minuten, bis der fortfahren konnte. Denn man klopfte sich gegenseitig auf die Schultern, gratulierte sich gegenseitig zu dieser so wichtigen Entscheidung, freute sich gegenseitig auf den baldigen Schlag ... gegen wen auch immer.

Dass sie in einem Zeitalter der Rassenvergiftung leben würden. Dass Schmarotzer, Bazillen und Ratten – „verzeiht, Freunde, ihr seid damit natürlich nicht gemeint!", richtete er ein Lächeln an seine „allertreusten Diener" – dass Ratten aus wildfremden Ländern das Gift der Volksversetzung in den Wald getragen hätten, fuhr Fuxi Fox fort. Und er machte klar, dass es eine Waldwehr, eine Schutzstaffel, eine wehrhafte Truppe zum Schutze der Heimat brauche. Und dass sie – seine treuen Kameraden, seine braven Gefolgsmänner, die seinem Ruf, heute hierher zu kommen, gehorcht haben – dass sie die ersten Vertreter und Anführer dieser Wald-Schutz-Staffel seien.

„Ein Wald. Eine Heimat. Eine Gemeinschaft.", rief er in die Runde. Und unter Jubel und Hurra-Gebrüll und unter dem Wahlspruch „unsere Ehre heißt Treue" ritzten sie sich in die Vorderhaxen und teilten ihr Blut untereinander und schworen sich gegenseitig ewige Verbundenheit. Und die einen malten sich gegenseitig den Wotanknoten auf die kahlgeschorenen Schädel.

Und die anderen ritzten sich die Odelrune oder den Totenkopf in die Lende

Gestärkt durch die Geschehnisse der letzten Zeit, schritt Fuxi Fox mit noch gewölbterer Brust, noch hocherhobenerem Haupte, noch strammerem Schritte durch die Gegend. Nichts liebte er mehr als sich selbst. Gerade in solchen Zeiten, in denen alles zu seinen Gunsten zu laufen schien. Trotzdem spürte er, dass da noch etwas fehlte. Dass er ganz offiziell zur Obrigkeit, zum Herrscher des Reiches ernannt werden musste. Dass seine Autorität durch Volksmehrheit gestützt, breit abgesegnet sein sollte. „Mit nichts ist Gewalt leichter zu rechtfertigen, als wenn du zur Gewalt legitimiert wirst!" Der Spruch des Großvaters sagte ihm, was zu tun sei. „Dumme Viecher berauben eine Bank, kluge gründen eine. Dumme revoltieren, Schlaue lassen sich zum Herrscher küren." Selbst ein Dixi Dax, eine Uku Lele, ein Krakra hätten sich zu fügen, hätten zu parieren, wenn er zum Führer des Waldes bestellt, wenn er vom Volke dazu gewählt war. Also schritt er zur Tat. Wie er das Netz auszuwerfen hatte, um im Volkesteich erfolgreich fischen zu können, das wusste er nur zu gut, der Fuxi Fox. Und wie er mit ihren Stimmen auch ihre Seelen kaufen kann, fast noch besser.

Weil er also mehr sein wollte, der Fuxi Fox, als nur ein Anführer, weil er ein Führer, ein richtiger, ein legitimierter Herrscher sein wollte und weil er spürte, dass die Zeit reif, schritt er also – wie gesagt – zur Tat.

Weil er in der Zwischenzeit eine Mehrheit der heimischen Waldbewohner auf seiner Seite wusste, weil er sich sicher war, dass sie zumindest für sein Argument von der drohenden Gefahr durch die Überfremdung des Waldes offen und empfänglich waren, rief er in dieser für ihn fast euphorischen Stimmung des „es reicht!", „das Boot ist voll!", „genug ist genug!" zur großen vaterländischen Aussprache aller besorgten Waldbewohner in die große Lichtung unter der dicken Eiche.

Bulldogge und Schäferhunde, Bisamratte und Ziegenbock, Hirsch, Stier, Marder, Iltisse, Ratten und zahlreich anderes Getier liefen durch den Wald und trommelten und schrien und riefen, dass alles kommen solle zur großen vaterländischen Stunde. „Wer Ohren hat zu hören, der komme!", röhrte der Hirsch. „Wer die Heimat liebt, der sei dabei!", bellten die Hunde. „Alles herbei, herbei, herbei!", pfiffen die Ratten.

Und tatsächlich kamen sie dann auch alle. In Massen strömten sie herbei, die Waldbewohner. In Erwartung erfreulicher Nachrichten, in der Hoffnung auf positive Neuigkeiten. Wünschend, dass die Oberen endlich erkannt haben, wie mit all den Problemen umzugehen, wie die Probleme mit Hitze und Dürre, mit Sturm und Flut, mit den Ausländern, dem Hunger und dem fehlenden Bier endlich behoben werden konnten.

Dixi Dax, Uku Lele, die weise Eule, Krakra, der schlaue Raabe und Tschäki Tschak, der Goldschakal, setzten sich noch kurz zusammen und überlegten, was tun. Ob sie die Versammlung verbieten lassen sollten? Können wir das? Dürfen wir das? Ob sie einfach nicht hingehen sollen und den anderen Waldbewohnern ebenfalls von einem Besuch abraten sollten? Wen erreichen wir in der Kürze der Zeit noch? Und bringt das jetzt noch etwas, nachdem die Werbetrommel der Schreihälse bis in den letzten Winkel des Waldes gedrungen ist? Schließlich entschlossen sie sich, den Stier bei den Hörnern zu packen, die Sache aktiv anzugehen, mit Ideen, Argumenten und Worten sich dem Angriff der Schreihälse zu stellen.

Rund um die Waldlichtung, rund um den Versammlungsort hatte Fuxi Fox Vertreter seiner Wald-Schutz-Staffel postiert. Bissige Hunde, bissige Marder und Iltisse, bissfreudige Ratten. Mit dem Auftrag, keinen Fremden, keinen Auswärtigen durchzulassen. Nur Freunde aus den Ställen, Wiesen und Höfen der unmittelbaren Nachbarschaft. Und die Schutzstaffel erledigte ihre Arbeit mit Begeisterung. Mit Gebrüll und Zack-Zack und klaren Befehlen wurden dem kleinen indischen Mungo, dem argentinischen Nasenbärchen, der mexikanischen Wüstenschildkröte und anderem ausländischem Kleingetier der Zugriff verweigert. „Stopp!" und „Halt!" und „Nix da!", hallte es durch den Wald. Mit strengem Blick knurrten die Schutzmänner ihre Befehle und zeigten dabei ihre Zähne. Als jedoch der bengalische Tiger zur Versammlung kam, wussten die Waldschützer nicht mehr so recht, wie mit

der Situation umgehen. Ein paar todesmutige Ratten
näherten sich der Riesenkatze. Mit einem nicht unbedingt kräftigen Pfotenhieb fegte diese die lästigen Angreifer meterhoch durch die Gegend. Worauf die Rufe
kurzzeitig verstummten und Simba, der Tiger, widerstandslos die Lichtung betreten konnte.

Auch als Tschäki Tschak in Begleitung von Dixi
Dax, von Uku Lele, der weisen Eule, von Krakra, dem
schlauen Raben, der Wolfsmutter, der Rehfamilie,
dem Steinbock-Paar und vielen anderen angesehenen
Bewohnern des Waldes auf die Lichtung zuschritt,
verstummten die Halt- und Stoppschreie. Zu gewichtig
war die Gruppe, zu angesehen die Gruppenmitglieder,
als dass hier ein radikales Vorgehen der Schutztruppe
angebracht gewesen wäre. Wohl auch aus Angst vor
der Klugheit und Schlauheit und Redegewandtheit der
einzelnen und davor, möglichen Spott ernten zu müssen.

Hasso, die Bulldogge, verständigte Fuxi Fox, der
im Zentrum der Lichtung stand und jeden Neuankömmling mit einem frisch, fromm, fröhlich, freien
„Heil" begrüßte, über die Situation. Dass die Schutzstaffel, um einen mörderischen Kampf zu verhindern,
der der Versammlung wahrscheinlich nicht gut getan
hätte, den bengalischen Tiger und den Goldschakal
aus Afrika passieren habe lassen. Für einen kurzen
Moment liefen die Venen an Fuxi Fox Schläfenknochen dick an und schon wollte er loslegen und seinen

Gruppenführer zur Schnecke machen. Doch rasch besann er sich, dass das nicht unbedingt einen guten Eindruck machen würde, klopfte Hasso auf die Schultern und meinte nur: „Guter Hasso! Braver Hasso!"

Punkt sechs Uhr war es, als die beiden Buntspechte – wie von Fuxi Fox instruiert – den hohlen Baum zu bearbeiten begannen. Ein Klopfen, als würden gleichzeitig zwanzig Trommeln geschlagen, vibrierte durch die Luft. Fuxi Fox stand vor der dicken Eiche. Vor ihm jede Menge Waldbewohner. Alles war gekommen. Die Neugierde war groß, riesengroß.

Dass er zum heutigen Treffen gerufen habe, weil es darum gehe, so rasch wie möglich Entscheidungen zu treffen. Die rechte Hand an seinem Herzen, bemühte sich Fuxi Fox um eine bedeutungs- und würdevolle Haltung. Und um große, klar in die Lichtung gesetzte Worte. Dass Maßnahmen notwendig seien, um dem drohenden Zerfall der Waldgemeinschaft entgegenzuwirken. Darum seien sie heute hier. Und diese Maßnahmen müssten rasch beschlossen und umgesetzt werden. Bevor es zu spät sei.

„Wer mich kennt, der weiß: Mir geht es um das Allerbeste für uns alle." Ehe das Lachen von einigen Anwesenden hörbar werden konnte, fuhr er auch schon fort, der Fuxi Fox. „Ja. Um das Beste von uns allen. Von dir und dir und dir. Und auch von euch. Jawoll!" Damit klopfte der sich mit seiner Rechten, die er immer noch an seinem Herzen hielt, drei Mal gegen die

Brust. Und breit erklärte er, dass die Anwesenheit von Simba, dem bengalischen Tiger und von Tschäki Tschak, dem Goldschakal – die er beide herzlich begrüßte und ganz besonders willkommen hieß – wohl der beste Beweis dafür sei, dass er keine bösen Absichten habe und nur das Beste für den Wald, für alle Bewohner des Waldes wolle.

Es sei eine schwierige Zeit. Eine sehr schwierige Zeit. Hitze und Dürre, Stürme und Überflutungen. Aber die habe es immer schon gegeben. Und damit würden sie fertig werden. Er und die seinen, diese aufopferungsbereite Truppe an Wehrmännern, denen keine Arbeit zu schwer, keine Aufgabe zu kompliziert. Und Probleme seien da, um gelöst zu werden. Und er werde sie lösen. Versprochen.

Aber viel schlimmer als Hitze und Dürre, Regen und Flut seien die anderen Probleme: Der Ansturm von außen. Damit verbunden: Hunger. Krankheit. Verrohung der Sitten. Unterwanderung unserer Kultur. Aushöhlung der Werte. Sie alle würden das spüren. Und wie. Sie alle würden darunter leiden. Und eben darum müsse dagegen etwas getan werden. Rasch. Und schnell. Und wirksam. „Es darf einfach nicht sein, dass unsere Kinder hungern, während ausländische Schmarotzer sich die besten Stücke unter den Nagel reißen. Es darf einfach nicht sein, dass unsere Alten an Schwäche sterben, weil wir ihnen nichts mehr zum Essen geben können, während Nashörner und Walrosse dick ihre Bäuche durch die Gegend schieben!"

Der Jubel war groß. Sehr groß. Jedenfalls war zu spüren, dass es weit mehr als die Hälfte der Anwesenden waren, die Fuxi Fox begeistert applaudierten. Auch er selbst, Fuxi Fox, spürte das. Und fuhr fort. „Was wir in der jetzigen Situation brauchen, das ist eine klare Struktur. Wir müssen uns straff organisieren, um handlungsfähig zu sein. Gerade jetzt, in dieser kritischen Zeit, brauchen wir einen starken Mann an der Spitze. Einen, der Führungsqualitäten hat. Einen, der sich behaupten und durchsetzen kann. Einen, der stark genug ist, das Schlechte radikal zu beseitigen, das Übel an den Wurzeln auszurotten!"

„Jawohl!", schrie einer und heftiger Applaus brandete auf. Und „recht hat er!", „genau!", „richtig!", klang es aus allen Ecken. Fuxi Fox spürte, dass er auf bestem Wege war. Wie gesagt: Er wusste, wie er seine Netze auszuwerfen hatte. „Ihr kennt mich. Ich bin keiner, der sich aufdrängt, keiner, der unbedingt im Mittelpunkt stehen muss. Aber wenn ihr es wollt, dann will ich dieser starke Mann euch sein, dann will ich euer Vorreiter, euer Führer sein!" „Ja, ja, ja!", schrien welche. „Ich frage euch: wollt ihr das wirklich?", schrie Fuxi Fox zurück. „Jaaa!", kam es aus zahlreichen Kehlen. „Seid ihr sicher, dass ihr das wollt?" „Jaaa!" „Gut. Dann opfere ich mich. Dann bin ich bereit, die Verantwortung zu übernehmen und dem Wald und den Waldbewohnern als Führer voranzugehen!".

Gleich wäre riesiger Beifall aufgebrandet und alles hätte losgejubelt und losgebrüllt ob Fuxi Fox' Worte. Doch gerade noch rechtzeitig konnte Uku Lele, die alte weise Eule, ihre Schwingen laut hörbar durch die Lüfte wehen und mit einem durchdringenden Uhu-Geräusch auf sich aufmerksam machen. „Moment, Moment, Moment! Noch habe ich hier das Sagen. Noch bin ich die Sprecherin des Waldes."

Mucksmäuschenstill wurde es. Jetzt erst fiel manchem auf, dass bisher weder Uku Lele, die Eule, noch ihre beiden Stellvertreter, der Raabe Krakra und Dixi Dax, ein Wort gesagt hatten. Absolut unüblich. Denn bisher wurde jede der Waldversammlungen von jemandem der dreien eröffnet. Und auch wieder beendet. Absolut unüblich.

Während Fuxi Fox laut und polternd sprach, die Worte kurz und knapp kamen, dabei das „r" betonend und rollend, ganz schnell, ruck zuck, eine einfache Lösung für große Probleme bietend, sprach Uku Lele breit, besinnlich, langsam. Weise, eben. Um ein überlegtes Vorgehen bat sie. Man möge jetzt nichts überstürzen. Man soll nicht schnell und rasch Maßnahmen ergreifen, die sie hinterher vielleicht alle bereuen würden. „Lasst uns vernünftig miteinander reden. Ohne Groll und Hass. Als Freunde, die auch morgen und übermorgen noch miteinander leben wollen und leben müssen!"

Nach Uku Lele ergriff Krakra, der Rabe, das Wort.

Ja. Es gäbe Probleme. Die seien nicht wegzuleugnen. Die Schwierigkeiten, mit denen die Welt zu kämpfen habe, die würden vor den Toren des Waldes nicht kehrt machen, begann er. Aber – „wie Fuxi Fox schon sagte", meinte er – Probleme und Schwierigkeiten seien da, um gelöst zu werden. Und sie, die Bewohner des Waldes, die alten wie die neuen, die würden diese Probleme und Schwierigkeiten lösen. „Wir haben die Chance, zu Vorreitern des Neuen zu werden. Wir können das Vorbild für viele andere in allen Teilen der Welt werden. Wir haben die Fähigkeiten dazu. Lasst es uns probieren. Mit unserem gemeinsamen Wissen, mit unserem gemeinsamen Können. Mit dem Wissen und Können von uns alten Waldbewohnern. Mit dem Wissen und Können von den neuen Waldbewohnern. Gemeinsam werden wir Lösungen finden, der geschundenen Welt zu helfen, sie zu entlasten, ihrem gequälten Körper neue Kraft zu verleihen. Lasst es uns probieren! Wir werden es schaffen!"

Viele waren überrascht von den Worten des Raben. Man wusste, dass er ein schlauer Kerl, ein heller Kopf, ein kluger Bursche, einer, mit großem Wissen. Aber diese brillante Rhetorik, diese einnehmende Redekunst, die kannte man von ihm bisher kaum. Jedenfalls war manche und mancher recht angetan. Und Fuxi Fox spürte, dass es noch ein weiter Weg zum Ziel. Also wollte er einschreiten, setzte zum Wort an. Aber ein einziger Flügelschlag von Uku Lele genügte. „Ich darf jetzt Dixi Dax um sein Wort bitten!"

Dixi Dax trat nach vor, zum Redeplatz, zum Stamm der dicken Eiche. Und er bat Tschäki Tschak, den Goldschakal und Simba, den bengalischen Tiger, zu ihm nach vorne zu kommen. Ein prächtiges Bild boten die drei … trotz der angespannten Stimmung und der trostlosen Weltenlage.

„Wie ihr alle wisst, waren Fuxi Fox und ich bis vor kurzem die besten Freunde", begann Dixi Dax. „Wir lebten Bau an Bau, Tür an Tür. Und verstanden uns prächtig. Dann veränderte sich die Welt. Spürbar. Hitze und Trockenheit. Regen, Hagel, Stürme. Bei uns nicht unbedingt bedrohlich. In anderen Teilen der Welt schon. Fremde kamen. Aus eben diesen Teilen, wo Dürre, Buschbrände, Tornados ein Leben unmöglich machten. Entflohen der Hölle in ihrer alten Heimat, boten wir ihnen Schutz in einer neuen Heimat. Und erhielten dafür nicht nur ihren Dank. Sie trugen mit ihrem Wissen und Können zum Wohle des Waldes, zum Wohle von uns allen bei. Und sind unsere Hoffnung, wenn es um die Probleme und Schwierigkeiten geht, vor denen wir stehen und mit denen wir fertigwerden müssen.

Hier zwei Beispiele: Simba, unser Freund aus Bengalien. Das stärkste Tier unter der Sonne. Einer, der uns seine ewige Freundschaft angeboten hat und der uns vor jeder Gefahr beschützen werde, wie er beim Leben seiner Kinder versprochen hat. Oder hier: Tschäki Tschak, der beste Lehrmeister, den man sich nur vorstellen kann. Einer, der unseren Kleinen und Kleinsten jenes Wissen vermitteln kann, das für ihre Zukunft lebens- und überlebensnotwendig sein wird.

Und da gibt es noch viele andere, die – aus welchen Gründen auch immer – heute nicht anwesend sind: Der asiatische Wasserbüffel, der den aufkommenden Sturm schon Stunden vor seinem Eintreffen in den Gelenken spürt und uns vor Torndos und Wirbelwinden rechtzeitig warnen kann. Das Dromedar aus Dschibuti, das uns ihr altes Wissen verraten wird, wie wir trotz Dürre und Trockenheit überleben können. Das kleine Gibbonäffchen aus Bormeo, das Nacht für Nacht im höchsten Wipfel des Waldes seinen Platz hat, Ausschau hält und uns auf mögliche Feinde hinweist. Wir haben, wie mein Freund, der Rabe Krakra, vorher schon sagte, alle Möglichkeiten, die Probleme und Schwierigkeiten der Zukunft zu meistern. Gemeinsam. Wir, lieber Fuxi Fox, die alten Waldbewohner. Und sie, die neuen. Wenn wir unsere Kräfte bündeln. Wenn wir gemeinsam, mit all unseren Fähigkeiten und Fertigkeiten, die Sache angehen. Geben wir uns die Hand, lieber Fuxi Fox. Vergessen wir unseren Konflikt. Gehen wir gemeinsam die Zukunft an!"

Doch Fuxi Fux dachte nicht im Geringsten daran, die ausgestreckte Hand anzunehmen. Im Gegenteil. Weil nach der Rede von Dixi Dax recht viele der Waldbewohner applaudierten (und drohten, in alte Gut-Mensch-Mentalitäten zurück zu fallen), und weil sogar einige aus seiner eigenen Wehrtruppe (ein paar noch zu wenig ideologisierte Marder und Iltisse) in den Applaus einstimmten, wusste er, dass er nun all seine Trümpfe ausspielen musste, dass er all sein rhetorisches Rüstzeug in die Waagschale zu werfen hatte.

Dass das Volk dumm sei, das hatte schon sein Großvater ihm gesagt. „Überfordere es nie. Seine Aufnahmefähigkeit ist beschränkt, sehr beschränkt! Gib ihm das Wenige, das es braucht. In einfachsten Sätzen, die jeder versteht. Und wiederhole diese Sätze. Immer wieder. Wiederholen. Wiederholen. Wiederholen. Bis diese Sätze zu ihren Sätzen geworden sind, zu Sätzen des Volkes. Je größer die Lüge, desto mehr folgen ihr. Je mehr du sie in die Pfanne haust, umso leichter werden sie dir aus der Hand fressen!" Diese Lehrsätze seines Großvaters gingen im durch den Kopf, während er langsam zum Rednerplatz nach vorne schritt. Stramm zwar, aufrecht, die Brust rausgestreckt, den Kopf hoch … aber doch sich Zeit lassend, behutsam.

„Brüder! Freunde! Weggefährten!" Diese drei Worte breit, über die Köpfe der Anwesenden hinweg weit in den Wald hinein gesprochen … und dann eine lange Pause lassend … erzeugte er eine gewaltige Spannung. Alles wartete auf die nächsten Worte, den ersten Satz. Aber da kam nichts. Lange nichts. Und erst bevor die Spannung in Unmut überzukippen drohte, setzte Fuxi Fox nach. „Unser Wald ist bedroht!". Wieder Pause. „Bedroht von fremden

Mächten!" Jetzt ließ er sie weg, die Pause und legte nun – nach der Einstimmung und Aufbereitung – mit seiner Rede richtig los.

„Auch wenn meine Vorredner das zu leugnen versuchen, auch wenn sie sich die größten Mühen geben, die ganzen Probleme schönzureden, auch wenn sie sich gutherzig und schöngeistig als etwas besseres geben als wir, das gemeine Fußvolk und Rettung versprechen. Glaubt ihnen kein Wort. Schenkt ihnen nicht so viel Vertrauen. Tappt nicht in die Falle ihrer Lügenpropaganda. Zu lange schon haben sie euch an der Nase herumgeführt. Zu lange schon sind wir auf ihre vertröstenden Worte hereingefallen. Ihnen geht es nicht um euch, um uns. Ihnen geht es nicht um den Wald. Ihnen geht es nur um die Rettung ihrer eigenen Pfründe."

„Genau!" und „Richtig!" und „Bravo, Fuxi Fox!" kamen die ersten Reaktionen. Selbst solche, die zuvor noch Uku Lele oder Krakra oder Dixi Dax applaudierten, schienen gebannt und durchaus wohlwollend den Ausführungen von Fuxi Fox zu lauschen.

„Die Wahrheit ist: wir sind von Feinden umgeben. Von ausländischen Geistern, die sich gegen uns verschworen haben. Von fremden Mächten, die mit Betrug und Lug uns vergiften wollen. Von Verbrechern und Schmarotzern, die mit ihrem primitiven Geiste unsere Kultur unterwandern, unsere Werte zersetzen wollen. Die sich ihre Bäuche füllen, und dabei unseren

Kindern und Alten und Kranken den letzten Bissen wegfressen. Und das, liebe Freunde, werden wir nicht länger hinnehmen! Diesen verheerenden Zustand werden wir nicht länger dulden! Diesem gottlosen Treiben werden wir nicht länger tatenlos zusehen!"

Erste Bravo-Schreie. Noch mehr positive Zurufe. Heftiger Applaus, der mehr und mehr wurde. Dazu ein Fuxi Fox, der sich, ganz im Sinne seines Großvaters, steigerte und in Gedanken von Satz zu Satz stärker noch zu jenem größten Feldherrn aller Zeiten wurde, von dem er sein Leben lang schon träumte. Den Kopf in den Nacken geworfen stand er da und nahm die Huldigungen entgegen. Nicht mit einem Lächeln. Nicht mit irgendeinem Moment der Freude oder der Dankbarkeit. Nein. Wie starr, den Blick geradeaus, nicht ein Augenzwinkern … stand er da. Ein starker Mann lässt sich nicht von Gefühlen leiten, wurde ihm von seinen Vätern und Vorvätern eingetrichtert.

Noch am Höhepunkt des Applauses, genau spürend, dass er in eben diesem Moment weniger werden würde, fuhr er mit der Hand, die er zuvor an seinem Herzen hielt, durch die Luft und unterbrach damit die Beifallsbekundungen.

„Wie arm diese fremden Schmarotzer doch seien, wie bedauernswert sie seien, diese slawischen Zigeuner, wird uns von Gutgläubigen immer wieder gesagt. Arme Kreaturen seien das. Hilflose. Ja, möglicherweise. Aber auch Läuse sind Tiere. Und trotzdem vernichten wir sie, um nicht vor ihnen zerfressen zu werden. Auch afrikanische Zwergaffen und asiatische Rüsselkäfer sollen leben. Aber dort, wo ihr eigentlicher Lebensraum ist. Und nicht hier bei uns. Sie dürfen nicht bei uns eindringen, es sich hier gut gehen lassen, wie die Maden im Speck leben und damit unser Dasein, unsere Existenz gefährden.

Waldbewohner kann und darf nur sein, wer heimisches Blut in sich trägt. Nur die, deren Väter und Mütter, deren Ahnen und Urahnen von Kindesbeinen an diesen Boden betraten, diese Luft atmeten, das Wasser unserer Quellen tranken, dürfen unseren Wald ihre Heimat nennen. Wir werden nur dann überleben, wenn wir die Rassenreinheit in unserem Walde wiederherstellen, wenn es uns gelingt, eine vaterländisch-treue Gemeinschaft der Waldbewohner, der echten und reinen Waldbewohner, wie wir es sind, herzustellen!"

Wieder ging seine rechte Hand gegen seine linke Brust und legte sich auf seinem Herzen fest. Und wieder warf er den Kopf in den Nacken und stand starr, rührte sich nicht, erwartete stoisch die Huldigungen.

Jetzt – nach Fuxi Fox arischem Apell und seinem Aufruf zu vaterländischer Treue – brachen alle Dämme. Wilder Applaus von allen Seiten. „Hoch, Fuxi Fox!", begannen die ersten. „Hoch, hoch!", stimmten andere mit ein. „Fuxi-Fox. Fuxi-Fox. Fuxi-Fox.", begannen wieder andere im Chor zu brüllen. Rhythmisch, laut, den Wald durchdringend, eher angsterregend, denn frohlockend. Freudeschlotternd.

Wie in einem Hexenkessel fühlte es sich in der Lichtung des Waldes an. Die Rufe und Schreie prallten von den Bäumen am Rande der Lichtung zurück, von allen Seiten. Und vervielfachten die Schreie und Rufe zum Höllengebrüll. „Fuxi-Fox. Fuxi-Fox. Fuxi-Fox.", vibrierte es in der Luft, bebte der Boden. „Fuxi-Fox. Fuxi-Fox. Fuxi-Fox." Wenige nur, die nicht in den Jubel einstimmten.

Simba, der bengalische Tiger, blickte zu Uku Lele, zu Krakra, zu Dixi Dax, von einem zum anderen, erwartete den Auftrag zum Einschreiten. Aber Uku Lele wie auch Krakra und Dixi Dax schüttelten nur müde den Kopf, machten Simba klar, dass in dieser aufgeheizten Stimmung nichts zu machen sei.

Schließlich war es Fuxi Fox selbst, der die Jubelrufe unterbrach. Langsam, breit … hob er beide Hände gegen Himmel und deutete sowas wie „ruhig … ganz ruhig". Lange stand er so da, mit erhobenen Händen. Dann setzte er mit einem „Freunde! … Kollegen! … Kameraden! …" nach. Und wartete weiter in aller Ruhe ab. Es dauerte. Schließlich klangen die Rufe ab. Und endlich war es ganz still. Gespannt blickte alles auf Fuxi Fox und fieberte seinen nächsten Worten entgegen.

„Heute, Freunde, heute muss eine Entscheidung fallen. Und diese Entscheidung soll das Volk, diese

Entscheidung sollt ihr treffen. Wer soll künftig Sprecher des Waldes, Vertrauter der Waldbewohner, Anführer unserer Gemeinschaft sein? Wer soll in dieser schweren Zeit euer Mann, euer Vertreter sein? Nun: Ich bin bereit!“

Schon wollte Jubel einsetzten. Aber Fuxi Fox unterbrach das beginnende Hurra-Geschrei mit einer raschen Handbewegung. „Ich bin bereit, mich in einem offenen, demokratischen Prozess einer Wahl zu stellen. Einer Wahl, bei der ihr, ihr alle, die Entscheidung trefft. Ich darf nun unseren hochangesehenen Dorfrichter, einen der prächtigsten Rothirsche, die je gesichtet wurden, einen wunderbaren und faszinierenden Achtzehnender, von vielen von uns schon seit Generationen als König des Waldes geschätzt und geehrt, als Richter und Wächter über Gesetzt und Ordnung im Walde zu mir nach vorne bitten, um eine Wahl, einen Volksentscheid herbeizuführen. Einen riesigen Applaus für unseren Hermann!“

Alles lief wie von Fuxi Fox geplant und vorgesehen. Hermann, der Rothirsch, ein riesiger Achtzehnender, trat vor die Waldbevölkerung und tat, wie befohlen, wie mit ihm zuvor besprochen.

„Als Waldältester und Hochangesehener, vielfach Ausgezeichneter unter den Waldbewohnern und als beeideter und beurkundeter Volksrichter, darf ich nun die Wahl zum höchsten Waldvertreter, Waldsprecher und Führer der Waldgemeinschaft vornehmen. Wer für die Wahl von Uku Lele ist, der möge nun die Hand heben. Danke! Und wer für Fuxi Fox ist, der möge nun die Hand heben. Danke! Damit erkläre ich Fuxi Fox zum obersten Führer unseres Waldes."

Viel muss an dieser Stelle wohl nicht mehr erklärt werden. Auf die Frage, wer für die Wahl von Uku Lele sei, hat nicht einmal sie selbst, die Eule, die Hand gehoben. Auch nicht Krakra oder Dixi Dax. Zu klar war, dass sie unter diesen Bedingungen, in dieser aufgeheizten Stimmung, keine Chance hatten. Zwar gab es trotzdem noch relativ viele Waldbewohner, die für sie, die weise Eule stimmten. Aber unübersehbar (unüberhörbar), auf den ersten Blick erkennbar war klar, dass eine satte Mehrheit für Fuxi Fox die Hand gehoben hatte. Und diese Mehrheit brüllte auch schon wieder los. Mit ausgestreckten Armen in den Lüften setzten „Hoch!"- und „Heil!"-Rufe ein und der Chor von vorhin „Fuxi-Fox. Fuxi-Fox. Fuxi-Fox." drang bald schon wieder bedrohlich durch den Wald.

Hasso, die Bulldogge und Rene und Rex, die beiden Schäferhunde, hoben Fuxi Fox auf die Geweihschaufeln des Rothirsches und in einem Jubel- und Triumphzug ging es mit Geschrei und Gesang und Tschimmtararabumm die halbe Nacht hindurch durch den Wald. Wohl fehlte auf Grund der momentanen Situation das Bier, das bei solchen Anlässen gewöhnlich in Mengen floss. Aber berauscht von den Worten von Fuxi Fox waren die meisten der Waldbewohner auch so besoffen genug vor Freude und bereit, ihrem Führer bedingungslos zu folgen.

Noch in der Nacht des großen Jubelzuges, als Fuxi Fox und die seinen plärrend und grölend durch den Wald zogen, setzten sich Dixi Dax, Uku Lele, Krakra und ihnen Gleichgesinnte in kleiner Runde zusammen. Waren die einen besoffen vor Siegeshormonen und taumelten benebelt und wie im Rausche durch die Gegend, so waren die anderen niedergeschlagen und vielfach enttäuscht. Enttäuscht vor allem darüber, wie viele ihrer Freunde, von denen sie das nie erwartet hätten, für Foxi Fox – und damit gegen sie – gestimmt hatten.

Und manch einer war nicht nur enttäuscht, er war auch verängstigt. „Jetzt ist es aus und vorbei!“, krächzte Krakra, der schlaue Rabe. Das sei das Ende eines offenen Waldes, das Ende der Demokratie, meinte er. Jetzt hätten lärmende und laut brüllende Schreihälse das Sagen im Walde übernommen. Und die würden nicht davor zurückschrecken, alles kurz und klein zu schlagen, was sich ihnen entgegenstelle. Die würden jeden liquidieren und beseitigen, der gegen sie sei oder auch nur eine andere Meinung habe wie sie. „Ihr werdet es schon noch merken!“, meinte er noch. Er habe das schon einmal erlebt. Vor vielen, vielen Jahren. Als Horden mit Totenköpfen auf ihren Helmen durch den Wald marschierten und alles kaputt schlugen, was lebte und sich bewegte.

Er solle das alles nicht so pessimistisch sehen, widersprach ihm Dixi Dax. Das Ganze würde sich bestimmt wieder beruhigen. Wenn sich der erste Jubel verflüchtigt habe, würden bestimmt viele Waldbewohner wieder zur Vernunft kommen. Und Fuxi Fux sei nicht wirklich gar so böse, wie das den Anschein erwecke. Er sei zwar ein Großmaul und sehe sich halt gern als Held und Führer. Aber das sei seine Erziehung. Er könne da wenig dafür und werde sich bestimmt nicht zum Äußersten hinreißen lassen.

Auch Uku Lele, die Eule, war dieser Meinung und warnte davor, dunkle Zukunftsbilder zu malen. Das würde sie nur runterziehen und handlungsunfähig machen und würde nicht im Geringsten zu einer Veränderung, einer Verbesserung beitragen. Man solle – trotz alledem – optimistisch bleiben. „Die paar Irregeleiteten, die werden bald wieder zur Besinnung kommen!"

Diesmal sollte der Rabe Krakra Recht behalten. Und Dixi Dax und Uku Lele sich gewaltig täuschen. Denn diese Machtergreifung durch eine absolut undemokratische Wahl und der Jubel- und Siegeszug der blutleckenden Menge war nur der Beginn einer dunklen Zeit, die sich mit dieser Nacht über den Wald legte. Damit wurde eine Schleuse des Hasses und der Gewalt geöffnet, die alle Hemmungen wegspülte, jede Zurückhaltung mit einem Schlage davonschwemmte. Und der Barbarei Tür und Tor öffnete.

Tschäki Tschak, der Goldschakal, und Simba, der bengalische Tiger, trommelten derweil unter jenen, die von der Versammlung ausgeschlossen waren, die Kräftigeren, Stärkeren, Gesunderen zusammen, erklärten ihnen die Situation und baten um Unterstützung im Widerstand gegen das, was sich da tat. „Wir müssen diese wilden Horden zähmen, bevor sie uns alle aus dem Wald jagen oder gar umbringen!", erklärte Tschäki Tschak. Und natürlich war der Großteil dafür, für einen Verbleib im Wald, für einen Verbleib in Sicherheit zu kämpfen. Also trat man vor die Einheimischen um Dixi Dax, Uku Lele und Krakra und bot Hilfe und Unterstützung an. „Wir sind bereit, den gerechten Kampf um einen offenen Wald mit euch gemeinsam anzugehen!".

Ein Wahnsinn wäre das, meinte Krakra. Zu einem fürchterlichen Blutvergießen würde das führen. Die (damit meinte er die Sturmscharen und Heimattruppen von Fuxi Fox) seien dreißig-, vierzig-, ja vielleicht hundertmal so viele wie sie. „Die warten doch nur darauf, dass wir zündeln, damit sie ohne schlechtes Gewissen losschlagen können!" Und aufgeladen, wie die jetzt seien, würden sie – blutrünstig, machtgeil und siegessicher – morden und brandschatzen was sie nur morden und brandschatzen könnten. Nach diesen Worten von Krakra, dem schlauen Raben, zogen manche, die sich freiwillig zu Kampf und Widerstand gemeldet hatten, die Köpfe ein und machten sich ganz, ganz klein.

„Aber wir können dem Treiben doch nicht tatenlos zusehen!“, meinte Simba, der bengalische Tiger. Er sei das stärkste Tier im Walde. Dazu der asiatische Wasserbüffel. Die Langhalsgiraffe. Das Steppenzebra. Das Yak aus der Mongolei … Jeder von ihnen hätte mehr Mumm und Kraft als all diese Maulaffen zusammen, die nur ein großes Mundwerk hätten und dem Gebell eines Größenwahnsinnigen nachlaufen würden.

„Ja. Schon. Aber gegen zehn beißende, tollwütige Hunde und hundert blutgierige Ratten hast auch du keine Chance!“, meinte Krakra. Und Dixi Dax pflichtete ihm bei. „Krakra hat recht! Wenn wir sie jetzt reizen, in ihrem Wahnsinnstaumel, dann kommt es möglicherweise zu einem Blutvergießen, das wir alle nicht wollen. Und aus dem wir nur als Verlierer hervorgehen könnten!“.

Der Siegeszug durch den Wald hielt die ganze Nacht an. Bis in die frühen Morgenstunden zogen die Massen mit brennenden Fackeln und lautem Gebrüll von Nord nach Ost, von Ost nach Süd, von Süd nach West. Zu den „Fuxi-Fox“-Gesängen und den „Fuxi-Hoch“-Rufen gesellten sich bald Rufe wie „Unser Wald ist unser Wald“ und „Raus mit all dem Ungeziefer!“ und „Wir wollen keine Ausländerschweine!“. Wer noch nicht von der Stimmung von zuvor besoffen war, der sang und brüllte sich in seinen Rausch.

Weil es aber ein Rausch ohne Alkohol war – wie gesagt: auf das Bier wurde diesmal, gezwungenermaßen, verzichtet – begann man schon am nächsten Morgen mit der Arbeit. „Wir dürfen keine Zeit verlieren!", rief Fuxi Fox die seinen zur Tat. Nämlich dazu, die Rassenreinheit im Walde wiederherzustellen. „Dies ist jetzt oberste Bürgerpflicht!", stellte er unmissverständlich klar. Schließlich hatte er jetzt ja legitim die Macht. Er war nun – vom Volk mit überwältigender Mehrheit gewählt – oberster Boss, Chef des Landes, uneingeschränkter Herrscher über den Wald und seine Bewohner. Er konnte nun tun, was immer er für richtig hielt. Und sie, die anderen, die hatten zu tun, was er befahl, was er ihnen anordnete. Und es gab viel zu tun. Er hatte jede Menge Pläne.

Fuxi Fox befahl seine Mannen von der Sturm-Schar zu sich und teilte – durch den gestrigen Tag bestärkt und jetzt ganz Führer und größter Feldherr aller Zeiten – seine Befehle aus und seine Mannen ein. „Wiederherstellung und Sicherung der Rassenreinheit!" Wie wunderbar sich dieses rollende „r" bei Rassenreinheit doch anfühlte. Einen Schutz-Trupp ließ er losziehen, um alle Bauten, Höhlen, Nester, in denen Ausländer hausen würden oder Unterschlupf gefunden hätten, mit Kreide zu markieren, damit klar sei, wo Nichtarier anzutreffen seien. Und einen zweiten Schutztrupp ließ er die Jugend des Waldes zusammentrommeln, um mit deren Erziehung zu beginnen.

„Wir müssen – erstens – uns von minderwertigen Kreaturen befreien, um in unserem Walde künftig nur

Arier von reinem Blute zu haben, die zeugungs- und lebensfähig sind, um so überhaupt Zukunft zu haben. Eine Rassenvermischung wäre der Tod unseres Volkes, unseres Waldes. Und wir müssen – zweitens – unsere Jugend wehrhaft machen, auf dass sie das Erbe ihrer Väter und Vorväter ehrenhaft verteidigen kann. Nur eine gesunde, stramme, wehrhafte Jugend garantiert uns Zukunft!"

Wieder rollte und betonte Fuxi Fox das „r", wie es sein Großvater ihm gelehrt hatte. „Rrrassen-Rrreinheit. Rrreben-Sorrrte. Rrreinharrrt, Rrrüdigerrr, Rrroberrrt, Rrrenn-Rrrad". Immer wieder übte er. Nicht nur still, leise, für sich. Manchmal auch laut und volles „Rrrrrohrrrr", sodass es öfters wie das Feuer eines Maschinengewehrs durch den Wald klang. Und er animierte auch seine Sturm-Scharen, es ihm gleich zu tun: „Nurrr werrr wehrrrhaft wirrrd, wirrrd wirrrksam!", ließ er sie üben.

Nachdem er den Mannen seiner beiden Schutz-Staffel-Einheiten – der mit Kreide ausgestatteten Allgemeinen-Schutz-Staffel und der mit der Jugenderziehung beauftragten Waffen-Schutz-Staffel – ihre Aufgaben klar gemacht hatte, eindringlich sogar, mit dreimaliger Wiederholung, ließ er sie alle mit ihrem Wahlspruch „Ehre und Treue, Treue und Ehre" auf Wald, Heimat und Führer schwören und den Eid ablegen, ehe er sie losschickte, ihre Pflicht zu erfüllen.

Hasenmama Gräulich staunte nicht schlecht, als da

im Stechschritt eine Gruppe von Mardern, Ratten und Iltissen vor ihrem Bau aufmarschierte. Der Häuptling der Gruppe, Sturmgruppenführer Heimlich Marder, schlug seine Hacken zusammen, streckte den rechten Arm hoch und schrie „Heil!". In strammer Sprache und kurzen, knappen Worten fragte er, ob Nichtarier im Hause.

Noch mehr staunte die Hasenmama allerdings, als eine halbe Stunde später ein zweiter Sturmtrupp anmarschierte und die Jugend des Hauses, die Kinder von Hasenmama Gräulich, zum Dienst für Wald und Vaterland mitnehmen wollte. Ob er ein Loch im Hirn habe, ob ihm irgendwer in seinen Schädel geschissen habe, fauchte die Hasenmutter an Anführer der Truppe an. Niemals würde sie ihre Kinder hergeben. „Nie und nimmer! Und jetzt haut ab und verschwindet!"

Und noch einmal staunte sie, die Hasenmutter. Denn kaum, dass die zweite Truppe erfolglos abmarschierte, kam wieder der erste Trupp und zeichnete mit Kreide ein Kreuz vor den Eingang zu ihrem Bau. „Seid ihr verrückt? Spinnt ihr? Was soll das?". „Nichtarisches Verhalten!", kam es wie aus der Kanone geschossen von Sturmgruppenführer Heimlich Marder. „Weil du deine Kinder dem Vaterlande verweigerst!"

Vor dem Bau von Dixi Dax malte die Allgemeine Schutz-Staffel sogar vier Kreuze auf den Boden. Schon war man dabei, weiterzuziehen, im Gleichschritt die nächste Behausung anzusteuern, als einer der Kameraden „Halt!" rief. Dass neben Tschäki Tschak, dem afrikanischen Goldschakal, neben dem argentinischen Nasenbärchen, dem chilenischen Zwerggürteltier und dem namibischen Erdmännchen seit kurzen auch ein Gelbziesel aus Tadschikistan und ein mexikanischer Rotluchs bei Dixi Dax hausen würden, machte der Schutz-Staffel-Mann klar. Also wurde kehrt gemacht und auch noch ein fünftes und sechstes Kreuz aufgemalt.

Beim Bachgebüsch, wo die Rebhühner ihren Platz hatten, entdeckte die Schutz-Staffel einen bunten Vogel, der den Mannen um Sturmscharführer Heimlich Marder nicht geheuer schien. „Arier oder Nichtarier?", brüllte einer der Männer. Einige der Rebhühner flatterten vor Schreck hoch. „Wie? Was?", fragte der bunte Vogel, legte den Kopf in den Nacken und gackerte verlegen. „Herkunft? Nationalität? Vaterland? Aber zack-zack, dalli, dalli!". Schon wollte Sturmscharführer Heimlich Marder dem Vogel ein weißes Kreidekreuz auf sein buntes Federkleid malen, als das Rebhuhnmännchen Rudolfo dazwischen schritt und klar machte, dass es sich bei dem verdächtigen Vogel um einen altsteirischen Gockelhahn handle, einen weitläufig Verwandten aus der Nachbarschaft, durchaus arisch, aber halt ein bisschen schwer von Begriff.

Und auch beim Bache, der wenig Wasser nur noch führte und zum armseligen Rinnsal verkommen war, gab es ein paar Probleme. Kairobi, das kleine Krokodil vom Nil, versuchte Rata Tutu, der dicken Bisamratte, Stellvertreter von Fuxi Fox und Befehlshaber zu Fluss und See, klarzumachen, dass er Arier sei, zumindest Halbarier, weil er doch Verwandte im Waldgebiet habe. Ob Rata Tutu denn nicht die Ähnlichkeit mit dem Feuersalamander da drüben oder dem Bergmolch da im Wasser sehe. Aber nichts half. Schließlich wurde auch er, der kleine Kairobi, mit dem Kreidekreuz gekennzeichnet. „Nichtarier!", stellte Rata Tutu unmissverständlich, eindeutig und klar fest.

Während Hasenmama Gräulich ihre Kinder nicht rausrückte und dafür, für ihr subversives, nichtarisches Verhalten, mit Kreide gekreuzigt wurde, waren viele andere Eltern stolz, ihren Nachwuchs dem Vaterlande opfern zu dürfen. Wie der Rattenfänger von Hameln marschierte die Waffen-Schutz-Staffel durch den Wald, vorweg Hasso, der schärfste der Scharfen, dahinter die Tschinellen schlagenden und Fanfaren blasenden Kriegsmusikanten, auf diese dann die im Rhythmus der Musik im Stechschritt dahinmarschierende Schutz-Staffel aus Ratten, Mardern, Iltissen. Und hinterher die jubelnden und johlenden Kinder, die sich wie verrückt schon auf das Rechts-um-Machen und Links-um-Machen und Habt-Acht-Stehen freuten.

Hasso, die Bulldogge, Stellvertreter von Fuxi Fox zu Lande und Rata Tutu, die dicke Bisamratte, Stellvertreter von Fuxi Fox zu Wasser, drillten die Dorfjugendlichen von früh bis spät. Flink wie das Wiesel bei der Mäusejagd, zäh wie das Leder des Ziegenbockes und hart wie der Schädel des Achtzehnenders sollen sie werden, wurde ihnen von ihren Rottenführern eingetrichtert. „Auf, nieder, auf, nieder, zwanzig Liegestütz und jetzt marsch, marsch, vier Mal um das Feld, aber Tempo, Tempo!", hörte man es da wie dort durch den Wald hallen. Und „tauchen, tiefer, tiefer ..." (obwohl kaum noch Wasser im Bache), „und jetzt die Luft anhalten. Länger, länger, länger ... du sollst die Luft anhalten, du Schlappschwanz", klang es vom Rinnsal hoch.

In den Jugendertüchtigungslagern wurde Krieg gespielt und an den Grenzen des Waldes wurde ordentlich aufgerüstet. Nicht nur mit dem Bau von Zäunen wurde begonnen. Auch Heerscharen von Freiwilligen marschierten auf, um das Land vor Eindringlingen zu schützen. Bei der Besprechung im Hauptquartier mit seinem Führungsstab hatte Fuxi Fox die Linie klar vorgegeben: „Kein subversives, ausländisches, nichtarisches Wesen darf je wieder den Wald betreten!". Mit Haut und Haar müsse das Vaterland verteidigt und der Unterwanderung durch fremde, minderwertige Geister Einhalt geboten werden.

Also waren nicht nur die Männer der Allgemeinen Schutz-Staffel und die Männer der Waffen-Schutz-Staffel mit der Sicherung der Vaterlandsgrenzen beschäftigt. Auch die Jungspunde der in Ausbildung befindlichen Jugendwehr marschierten am Waldesrand schwer bewaffnet auf und ab und trieben zurück, was immer da kam. Aber nicht nur die. Auch ältere Waldbewohner, Greise beinah schon, so gut wie zahnlos, meldeten sich freiwillig und waren ganz angetan von ihrem Tun, die Grenze zu sichern und den Wald zu schützen.

Da gab es kein Durchkommen mehr. Mit roher Gewalt und großer Begeisterung wurde alles Fremde mit viel Gebrüll und Jubelgeschrei zurückgeschlagen. Und je mehr Blut floss, umso gieriger und gefräßiger wurden die Jungen wie die Alten. Und versuchte mal ein größeres Kaliber einzudringen, wie etwa das afrikanische Flusspferd oder der südamerikanische Büffel, eh schon stark geschwächt durch die Flucht und sich kaum mehr auf den Beinen halten könnend, aber doch angsteinflößend den Kindern und Greisen, dann wurde nach der Schutz-Staffel gerufen und die verrichtete ganze Arbeit.

Weil den Nichtariern, den mit dem weißen Kreidekreuz Gezeichneten, verboten wurde, ihre Unterkünfte zu verlassen und sich frei im Walde zu bewegen, fielen gar viele Dinge weg, die die Nichtarier zuvor freiwillig für die Allgemeinheit geleistet hatten. Da gab es keinen Unterricht mehr mit Tschäki Tschak, keine Erzählungen über die Geschichte Afrikas, keine fremde Sprache mehr. Nun, das war Fuxi Fox und den Seinen gar nicht unrecht. „Im Wald wird nurmehr die Sprache des Waldes gesprochen. Und nichts sonst. Fertig!"

Aber da fielen auch andere Dinge weg. Der indische Mungo, der beste Schädlingsbekämpfer, war ebenso zur Untätigkeit gezwungen, wie die südostafrikanische Steppengiraffe, welche bisher die süßen Früchte von den Spitzen der Bäume pflückte. Oder Mauritia, das Warzenschwein aus Mauretanien, mit seinem unheimlichen Geruchsinn, das kostbare Schätze wie Trüffel zu Tage förderte. Oder der asiatische Wasserbüffel, der bisher vor Sturm und Unwetter warnte. Oder die Strahlenschildkröte aus Madagaskar, die den Waldbewohnern zu den verstecktesten Wasserstellen führte. Oder der afrikanische Sandregenpfeifer, der zeigte, wie man Beeren trocknet und für den Winter haltbar macht. Oder der angolanische Stummelaffe, der es verstand, aus Kräutern Heilmittel zu machen, die bei Krankheit halfen.

Weil es all das nicht mehr gab, wurden die Probleme im Wald aber größer und größer. Hunger und Krankheiten wurden mehr. Auch, weil die Katastrophen, vor denen die im Wald lebenden Fremden einst geflohen waren, immer näher kamen. Immer öfter krachte es auch im Wald aus heiterem Himmel, fielen tödliche Blitze. Immer öfter stiegen die Temperaturen auf über vierzig Grad und gingen wochenlang nicht zurück. Und dann wieder kamen aus dem Nichts Sturm und Flut, knickte Bäume und rissen alles mit. Man hungerte noch nicht. Aber es fehlte an Nahrung. Man verdurstete noch nicht. Aber immer mehr Quellen versiegten. Für Fuxi Fox und die seinen war ganz klar, was Schuld daran: die vielen Fremden, die Verschwörung ausländischer Geister gegen den Wald und die Waldbewohner.

Und weil Dixi Dax und Uku Lele und Krakra und all die anderen, die weiter dachten und sich nicht mit einfachen, billigen Phrasen zufrieden gaben, in der Zwischenzeit unter Bewachung gestellt und von geheimen Staats- und Waldesschützern bespitzelt wurden, wagte sich kaum noch jemand, etwas gegen die neuen Machthaber zu sagen. Und weil die von Fuxi Fox und den seinen so genannte „Lügenpresse" verboten war, gab es kaum gegenteilige Meinungen, kam wenig nur an Gegenwehr, gab es so gut wie keinen Widerstand.

Auch weil Fuxi Fox und die Seinen in ihrem Machtrausch bald schon entsprechende Gesetze, Richtlinien, Verbote festlegen und diese vom Feldherrenhügel aus verkünden und über Wies und Wald ausrufen ließen: Jeder arisch-heimischen Waldbewohnerin sei der Kontakt mit fremden Individuen strengstens verboten, weil die mit ihrer Verführung der Frauen Geschlechtskrankheiten verbreiten und so die Zersetzung und Vergiftung der Waldkultur anstreben.

Wer sich nicht an die Gesetze und Werte des Waldes und der Heimat halte, der müsse mit der Todesstrafe rechnen. Und wer gegen die neuen Gesetze und die ehrenhaften Werte des Waldes und des Vaterlandes sei, der müsse mit dem Schlimmsten rechnen.

„Wer nicht für uns ist, der ist gegen uns. Und wird erbarmungslos vernichtet!"

Schließlich wurde noch laut kundgetan und an allen Ecken des Waldes angeschlagen, dass alle Nichtarier bis Ende des Monats den Wald zu verlassen hätten. Wer nicht gehe, der werde zwangssterilisiert oder standrechtlich erschossen.

Obwohl jede Zusammenkunft von Waldbewohnern dem Propagandachef des Reiches – Bulldogge Hasso, gleichzeitig Obersturmanführer und Stellvertreter von Fuxi Fox – gemeldet werden musste, trafen sich im Bau von Dixi Dax immer wieder mal ein paar kritische Geister, um über die Situation zu beraten. Weil Simba, der bengalische Tiger, der asiatische Wasserbüffel, die Steppengiraffe, das Zebra ... weil die alle nicht durch die Gänge des Dax-Hauses gingen, bei diesen Besprechungen aber gerne dabei gewesen wären, suchte man nach weiteren Möglichkeiten des geheimen Treffens. Und wurde schließlich fündig.

Man entdeckte jene Höhle, in der einst Fuxi Fox und Dixi Dax Unterstand vor Sturm und Sturzflut fanden und in der ein geflüchtetes Stinktier ebenfalls Schutz suchte, von Fuxi Fox aber mit einem kräftigen Fußtritt ins Freie befördert wurde. Weil dieses fremde Tier durch seine in panischer Angst ausgestoßenen Körpersäfte einen bestialischen Gestank in der Höhle hinterließ, der selbst nach Wochen und Monaten noch unerträglich war, wurde der Ort von den

Waldbewohnern gemieden, wie der Teufel das Weihwasser meidet. Weil dann auch noch ein völlig entkräftetes Flusspferd, das den Weg von Senegal her mit Mühe nur schaffte und sich in die Höhle rettete, dort aber elendiglich verendete, wurde der Gestank um die Höhle noch mehr und alles machte einen weiten Bogen um den Ort. Selbst den Ratten, Engerlingen und Mistkäfern war es zu viel.

In dieser Stinkhöhle also fanden die konspirativen Sitzungen statt, fand die Widerstandsgruppe „Rote Nelke" ihre Bleibe, ihren geheimen Treffpunkt. Anthrophil, der angolanische Stummelaffe, der Kräuterkundige, mischte getrocknete Salbeiblätter, Fichtennadeln und Mohnsamen und entzündete dies zu Sitzungsbeginn, sodass der Gestank durchaus zu ertragen war, die Teilnehmer sogar in eine beinah heitere Stimmung versetzt waren.

Der Name „Rote Nelke" war ein Kompromiss, auf den man sich letztendlich gütig einigen konnte. Die portugiesische Rieseneidechse Fadoline schwärmte von der Nelkenrevolution in ihrem Heimatlande. Damals hätten sogar die Soldaten beim Umsturz mitgemacht, sich Nelken in die Gewehrläufe gesteckt und sich geweigert, von der Schusswaffe Gebrauch zu machen, erzählte sie. Der kubanische Tocorora wieder berichtete begeistert von einem gewissen CheChe und meinte, dass zumindest das Wort „rot" im Namen der Widerstandsgruppe vorkommen müsse. Schließlich einigte man sich – nach langer eingehender Diskussion und in gütiger Form auf den Namen „Rote Nelke". Auch weil der Vorschlag von einem gewissen Hot Schar, einem linksradikalen albanischen Gebirgsbock, die neugegründete Widerstandsgruppe „TMR – trotzkistisch-marxistische Revolutionsgarde" zu nennen, als zu tendenziös abgelehnt wurde.

Ob man im Wald bleiben oder ob die Widerstandsgruppe von auswärts agieren soll, wurde diskutiert. Ob man sich bewaffnet zur Wehr setzen oder ob man lieber mit Informationen und Botschaften die Anhänger von Fuxi Fox zurückgewinnen soll. Während die Kräftigeren in der Gruppe für einen Verbleib im Wald und den aktiven Widerstand sich aussprachen, waren die Kleineren eher für ein Verlassen des Waldes und für ein Agieren aus dem Ausland.

„Meine Rabenfreunde und deine Eulenfreunde, liebe Uku Lele, und die nordafrikanischen Wildgänse und die Tucane aus Costa Rica, die Hottentottenenten aus Kenia, die Senegaltrappen, die Marabus … wir alle könnten, von auswärts kommend, den Wald überfliegen und Flugblätter abwerfen!", meinte Krakra. „Und wir", riefen die beiden namibischen Erdmännchen, „wir könnten die geheimen unterirdischen Gänge nutzen, von draußen so in den Wald gelangen und da und dort Graffitis an die Bäume sprühen und wieder verschwinden!"

Ganz anderer Meinung war da Tschi Putti, die aus

Französisch-Somaliland geflüchtete Steppenantilope, die in ihrem französischen Akzent von der „Résistance" sprach, wenn die Gruppe „Rote Nelke" gemeint war. Sie forderte „Courage", „Courage" und noch einmal „Courage", rief lauthals „Liberté, Égalité, Fraternite" und forderte zum offenen Widerstand auf. Sie blickte den Umstehenden tief in die Augen und begann sie als „Verdammte dieser Erde" anzusprechen, die „endlich aufwachen" sollen.

„Der revolutionäre Übermut der Jugend! Ihr gutes Recht", lächelte Uku Lele, die weise Eule, und meinte, das werde sich bald mal legen.

Drei Stunden saß die Widerstandsgruppe in der Höhle beisammen. Anthrophil, der Kräuterkundige, entzündete immer wieder mal ein paar Mohnsamen. Und so wurde – trotz der brisanten Situation und nicht gerade rosigen Gesamtlage – in fast gelöster und heiterer Stimmung diskutiert und dies und jenes in Erwägung gezogen. Dixi Dax fasste schlussendlich zusammen, legte das eine dar und dann das andere, erklärte den Vorteil hier, den Nachteil dort und gab bekannt, dass sich die Gruppe in einer Woche – selbe Zeit, selber Ort – wieder treffen werde.

Der Monat war um. Die Zeit für Nichtarier, den Wald zu verlassen, war verstrichen. Als hätten die beiden Schutzstaffeln nur auf Mitternacht gewartet, zogen sie eine Minute nach zwölf – das Käutzlein hatte gerade seinen letzten Schrei getan – los. Im

Gleichschritt stiefelte sowohl die Allgemeine-Schutz-Staffel als auch die Waffen-Schutz-Staffel, fackelschwingend und ihr Lied johlend, durch die Nacht. Eine Mischung aus Wut und Vorfreude, aus Hass und Hoffnung auf befreites und befreiendes Tun trieb sie an. Schaum trieb es auf ihre Lippen, ihr Geplärr. Als würd Lust und Gier sie antreiben, so aufgerissen ihre Augen, so erwartungsvoll ihr Blick. Endlich, endlich durften sie zuschlagen, die Marder, Ratten, Iltisse und all das andere arische Getier. Endlich. Und ganz legitim.

Wo immer ein weißes Kreidekreuz zu sehen war, wurde alles kurz und klein geschlagen, niedergetreten, was niederzutreten war und Feuer gelegt. „Wir wollen keine – Ausländerschweine!" Mit ihrem Gebrüll – stakkato, in einem einzigen Rhythmus aus hunderten Kehlen – steigerten sie sich in einen wahren Rausch. Wo auch nur ein Ansatz von Gegenwehr erkennbar war, wurde zugeschlagen. Und wie!

Blut spritzte. Gequälte schrien auf. Sterbende röchelten. Als „Nacht der tausend Scherben" ging die Sache in die Geschichtsbücher ein. „Keine Rücksichtnahme! Ausrotten bis zum geht-nicht-mehr!", gab Hasso, der eine der Sturmscharführer die Parole aus. Und Rata Tutu, die Bisamratte, Sturmscharführer zwo, legte nach: „Bei Widerstand sofort über den Haufen schießen!"

Und die Heerscharen, die Ratten, Marder, Iltisse

taten mit Freuden, wie ihnen befohlen. Einzig bei ein paar ihnen dann doch übermächtigen Gegnern, bei Nichtariern, die ihnen gewaltig über den Kopf gewachsen waren, wie dem bengalischen Tiger oder dem asiatischen Wasserbüffel, taten sie sich schwer. Und sie mussten die Horden an Hunden, Bullen und Zuchtebern zu Hilfe holen, um auch diese Nichtarier zu zähmen, zu züchtigen und in Schutzhaft zu nehmen.

Was unter den „Feinden des Waldes", unter der „subversiven, nichtarischen Brut", wie sie von Hasso, dem Führerstellvertreter genannt wurde, noch stehen und gehen, was sich halbwegs noch bewegen konnte, das wurde von den Schutzleuten vor sich hergetrieben und Richtung Waldesgrenze geprügelt. Die Halbtoten und Schwerverletzten, die zu keiner Bewegung mehr, geschweige denn zu mehreren Schritten fähig waren, wurden einfach liegen gelassen. Auch die während des Todesmarsches Zusammengebrochenen wurden nur – links, rechts – zur Seite gescharrt, um Platz zu schaffen und ebenfalls ihrem Schicksal überlassen.

Die den Todesmarsch zur Grenze überlebenden Nichtarier mussten sich am Waldesrand in Reih und Glied aufstellen. Anna Zisch, die heimische Kreuzotter, von den Bewohnern des Waldes nur „das giftige Luder" genannt, musste jeden Fremden, die wie aufgefädelt mit dem Rücken zu ihr dastanden, mit einem Biss in das Hinterteil markieren, damit – mit einem Zeichen, mit einem Biss- und Brandmal versehen –

man jeden Fremden sofort als minderwertig und nicht-zum-Wald-gehörig erkennen konnte. Mit diesem unübersehbaren Zeichen wurde jedem Heimischen nicht nur das Recht gegeben, solch einen Gezeichneten bei seinem Antreffen im Walde sofort umzubringen. Er wurde fast dazu gezwungen.

Hatte die Kreuzotter ihre Aufgabe erledigt, war all das nichtlebenswerte Leben als solches gekennzeichnet, trat Zentaurus, der aus der unmittelbaren Nachbarschaft des Waldes zugewanderte (und damit durchaus arische) Zuchtbulle in Aktion. Ein Fleisch- und Muskelberg von fast zwei Tonnen Lebendgewicht. Mit einem Schädel, groß und quadratisch wie ein Felsblock. Und mit einem Geschlechtsteil, bald so lang und dick wie der vom Blitz gefällte Eichenbaumstamm.

Zentaurus stellte sich – so wie zuvor die Kreuzotter Anna Zisch, nur mächtiger, tausend Mal größer – hinter die lange Reihe der Nichtarier und begann mit der „Entsorgung des Waldes von unreinen Wesen", wie diese Tätigkeit in der Anweisung aus dem Hauptquartier des Führers genannt wurde. Er – Zentaurus – versetzte jedem einzelnen Nichtarier, die da wehrlos vor ihm standen, den Rücken ihm zugewandt und still ihrem Schicksal ergeben, einen Stoß mit seinem gewaltigen Schädel, sodass der Getroffene – je nach Größe und Gewicht – dreißig, vierzig, ja bis zu hundert Meter über die Grenze des Waldes, ins Nachbarland flog.

Hin und wieder vernahm man mit dem Kopfstoß

des Bullen oder mit dem Aufprall des Nichtariers im Nachbarland einen Wehschrei, einen Schmerzensruf. Aber an sich lief die Entsorgungszeremonie überraschend ruhig, ohne großes Klagen, fast gespenstisch über die Bühne. Nur das „Tod dem Feinde!", tausendfach aus dem Maul der Schutzmänner, der Ratten, Marder und Iltisse kommend, wenn Zentaurus seinen Schädel nach hinten bog und zum Stoß ausholte. Und eben diesen Moment des tausendfachen „Tod dem Feinde" abwartete, ehe er Tiger, Wasserbüffel, Giraffe, Zebra und all die anderen ins Niemandsland beförderte. Bei den kleineren Nichtarieren, die ihm dann doch zu gering, ließ er den Martern, Iltissen und Ratten den Vortritt, sodass auch diese die Freude des Entsorgens genießen konnten.

Es war früher Abend, als Hasso und Rata Tutu, die beiden Sturmscharführer, die „Nacht der tausend Scherben" für beendet erklärten. Fast achtzehn Stunden hatte die Vertreibung und Vernichtung des unwerten Lebens gedauert. Noch vor Einbruch der Dunkelheit rief Fuxi Fox zur Versammlung unter dem Feldherrenhügel. Hocherhobenen Hauptes trat er auf den Felsvorsprung, unter dem seine Anhänger siegestrunken warteten und jubelten und „Heil, dir!" schrien, als er – Fuxi Fox, ihr Führer – erschien.

„Freunde! Waldbewohner! Arier!", begann er, ehe er sie wieder folgen ließ, die lange Pause, während der jede und jeder gebannt auf seine nächsten Worte warteten. „Als stolzer Führer unserer Gemeinschaft, der echten und reinen Waldbewohner, kann ich in dieser historischen Stunde die größte Vollzugsmeldung meines Lebens abstatten: Die vollkommene Befreiung unseres Waldes von jedwedem unreinen Blute, von jedweder fremden Kultur, von jedwedem nichtarischem Geiste!" Ein Jubel, wie man ihn bisher noch nicht hörte. Man lag sich – vielfach noch blutverschmiert von der „Nacht der tausend Scherben" – in den Armen, frohlockte dem Führer und seinem Endsieg über die fremden Barbaren. Und leckte sich gegenseitig das Blut vom Leibe.

Zur Feier des Tages ernannte Fuxi Fox eine Hundertschaft an Wald- und Heimwehrlern zu Obergruppenführern, sprach lobende, ehrende Worte und steckte jedem von ihnen den Blutorden erster Klasse an die Brust. Schließlich erklärte er noch, wie wichtig es sei, das Gewonnene zu sichern, den errungenen Sieg nicht aus der Hand zu geben. Und machte klar, dass die Sicherung der Grenze, die Bewahrung des Waldesraumes vor fremden Geistern und ausländischem Gesindel, die höchste und wichtigste Aufgabe und erste und oberste Bürgerpflicht für jeden Volksgenossen. Und er beauftragte Hasso, die Bulldogge und Rata Tutu, die Bisamratte, seine beiden Stellvertreter, den RAS, den Radikalen Grenz-Schutz, zu organisieren und durchzuführen. Einen Grenzschutz, wie ihn die Welt bisher noch nie gesehen habe.

Während rund um den Feldherrenhügel der Radikale Grenzschutz beschlossen und die radikale Beseitigung des Feindes, die endgültige Ausrottung allen Übels gefeiert wurde, die Vernichtung bolschewistischer Schmarotzer und Parasiten mit Heilgesängen bejubelt wurde, trafen sich in der Stinkehöhle Dixi Dax, Uku Lele, Krakra und einige andere aus der Widerstandsgruppe „Rote Nelke". Viele waren es nicht mehr. Der Großteil der Untergrundkämpfer wurde in der „Nacht der tausend Scherben" aus dem Walde getreten. Manche auch getötet.

Wie weitertun?, lautete die zentrale Frage. Man war bemüht, das Treffen nicht allzu sehr in die Länge zu ziehen, denn Anthrophil, der Kräuterkundige, der mit seinem wunderbaren Gemisch den Aufenthalt in der Höhle halbwegs erträglich machte, war nicht mehr, war unter den Ausgestoßenen und folglich nicht mehr da, was den Gestank in der Höhle zu einem recht belastenden Sitzungsmoment machte.

Dass bewaffneter Widerstand in der Situation – ein Mann gegen ein ganzes Heer, ein Häuflein kleiner Helden gegen tausende blut- und mordlüsterne Krieger – völlig sinnlos, ja selbstmörderisch, war klar. Selbst Tschi Putti, die französisch sprechende Steppenantilope, der revolutionssentimentale kubanische Tocorora oder der linksradikale albanische Gebirgsbock Hot Schar hätten das wahrscheinlich eingesehen, wenn sie noch dagewesen wären.

Uku Lele, die weise Eule, war dafür, abzuwarten. Fuxi Fox und den Seinen würde bald die Puste ausgehen. Die Ratten, Marder und Iltisse würden jetzt schon jammern, weil es kein Bier mehr gebe. Und die Situation würde noch schlimmer. Bald würden auch andere jammern. Und nicht nur wegen des fehlenden Bieres. Diese Unzufriedenheit auszunutzen: Immer wieder mal die Nachricht verbreiten, wohin dieser Führerkult führe. Immer wieder mal ein Flugblatt anbringen, in dem die Wahrheit gesagt werde. Immer wieder mal zum Überlaufen in die Widerstandsgruppe aufrufen. Und so nach und nach den einen und anderen der Verführten zurückzuholen, darin sehe sie die einzige Möglichkeit, meinte die Eule.

Dixi Dax gab ihr Recht und lobte sie ob ihrer Klugheit und Weitsicht. „Und doch sollten wir Kontakt zum Ausland aufnehmen!". Da drüben, hinter der Waldgrenze, da würden sie bestimmt warten, die Tiger und Wasserbüffel und Giraffen und Zebras, die Gazellen und Antilopen … Auch wenn der Stoß von dem Zuchtbullen recht heftig war, der Großteil habe das sicher überlebt. Und da würden noch viele andere dazustoßen. Weitere Flüchtlinge, die vor Dürre und Trockenheit aus ihrer Heimat geflüchtet und Richtung Wald drängen würden. Ein Riesenpotential sei das, das möglicherweise entscheidend zu einem Umsturz beitragen könnte.

Weil auch der Vorschlag von Dixi Dax

gutgeheißen wurde, begann man noch in derselben Nacht mit dem Graben von Gängen, die von der Stinkehöhle in das unfruchtbar gewordene Ackerland außerhalb des Waldes führen sollten. Alles aus der Widerstandsgruppe was Hände und Füße, Arme und Beine hatte, begann unter Anleitung von Dixi Dax mit der Buddelei. Und Uku Lele und Krakra und der Rest der Flugtauglichen zog einerseits über den Wald hinweg und ließ da und dort ein Flugblatt (im wahrsten Sinne des Wortes) fallen und flog andererseits, in einer Höhe, die außerhalb des Radarschirmes der Grenzschutztruppen lag, ins Nachbarland und informierten Simba, den bengalischen Tiger und die anderen Ausgewiesenen bzw. Ausgetretenen über den Stand der Dinge und den Bau der unterirdischen Wege.

Ein fürchterlicher Gestank machte sich in der Zwischenzeit auch im Walde breit. Ein Gestank, beinah so bestialisch wie in der Stinkehöhle der Widerstandsgruppe. Überall im Wald lagen Leichen. Jene Nichtarier, die in der „Nacht der tausend Scherben" totgeschlagen wurden oder bei ihrem Marsch ins Todeslager ums Leben kamen. Leichen, die nicht entsorgt wurden, weil die Leichenbestatter und Totengräber, die diese Aufgabe zuletzt übernommen hatten, nicht mehr da waren. Die Tüpfelhyänen aus der Serengeti. Der südamerikanische Truthahngeier. Die mexikanischen Kojoten. Alle vertrieben. Aus dem Wald entfernt. Oder tot geschlagen.

Auch die Wasserzustellung im Walde funktionierte nicht mehr so wie einst, als das Antilopenpärchen aus Zentralafrika die Sache verlässlich, sicher und vor allem schnell erledigte. Und die medizinische Versorgung im Walde litt auch gewaltig, weil Anthrophil, der Kräuterkundige, der gegen jedes Wehwehchen das richtige Rezept hatte, nicht mehr da war.

Und noch immer gab es kein Bier.

Erste Anhänger von Fuxi Fox begannen zu klagen und zu jammern. Zwar hinter vorgehaltener Hand und nicht zu laut. Aber doch so laut, dass es über Umwege schließlich bis ins Führerhauptquartier drang. Aus diesem Grunde auch ließ Fuxi Fox ein neues Gesetz verkünden. Das Gesetz gegen die politische Lüge und ihre Verbreitung. Wer die Wald- und Volksgemeinschaft durch falsche Behauptungen gefährde, der müsse mit strengen Strafen rechnen. Immer wieder wurden in der Folge zuvor brave Wald- und Volksgenossen zum Zwecke der Umerziehung ins Internierungslager gesteckt.

In den Jugendgruppen – wo schon die Kleinsten im arischen Geiste erzogen und zu fruchtlosen Kriegern gedrillt wurden – schulte man die Jüngsten darauf ein, die Gespräche der Alten und Eltern genau zu verfolgen, unter die Lupe zu nehmen und jede Auffälligkeit den Gruppenführern zu melden. „Wenn die Mama sich über das fehlende Mehl aufregt, meldet es uns. Wir werden uns bemühen. Wenn Papa klagt, weil es kein

Bier gibt, meldet es uns. Wir werden uns bemühen. Wenn die große Schwester vom rassigen Spanier schwärmt, meldet es uns. Wir werden uns bemühen."

Die weiblichen Waldbewohner wurden aufgerufen, Nachschub für die Heimat zu liefern, feste, stramme Arier zu gebären. „Auch die Frauen haben ihr Schlachtfeld!", ließ Fuxi Fox allerorten verkünden. Mit jedem Kind, das sie der Heimat schenken, würden sie den Kampf für Land und Wald mitkämpfen. „Also! Gebt euch hin, dem arischen Manne, wo immer ihr könnt!" Dazu wurden Muttertage erfunden, Mutterorden entwickelt. Und es wurden Mutterkreuze vergeben. Für zwanzig junge Arier in Bronze. Für fünfzig in Silber. Und für hundert in Gold.

Und die klügsten Köpfe des Waldes – deren gab es zwar nicht mehr viele, weil der Großteil der Schlausten erschlagen oder außer Landes getreten wurde, oder sich (wie Dixi Dax, Uku Lele oder Krakra) im Widerstand befanden – die paar Denker und Halbgelehrten unter seinen Anhängern, die ließ Fuxi Fox in einem speziell geschaffenen Versuchslabor einerseits nach der Erzeugung eines künstlichen Bieres forschen. Und andererseits nach einem tödlichen Gift, mit dem Feinde leicht und ohne große Gewaltanwendung zu vernichten seien. „Jedes Mal hunderte Hiebe auf den Schädel bis einer endlich verrecke, jedes Mal die langwierige Prozedur mit dem Strick, der blutige Dreck beim Abstechen … wir brauchen eine schnellere, bessere Lösung bei der wir mehrere auf einmal entsorgen können. Gas wär eine tolle Lösung". Heinrich, der spätere Chef der GESWAPO, hatte die grandiose Idee (weswegen ihn der Führer möglicherweise ja auch zum GEWAPO-Chef machte).

Während die Schutz-Staffeln – die Allgemeine von Hasso, der Bulldogge und die Bewaffnete von Rata Tutu, der Bisamratte – Tag und Nacht die Grenzen sicherten, unterstützt von den Kleinen und Kleinsten im Walde, der Fuxi-Fox-Jugend und der Volksfront der Alten und Zahnlosen, opferten sich die weiblichen Waldbewohner und bemühten sich um Befruchtung und Schwangerschaft. Fuxi Fox ein Kind zu schenken, schien vielen eine Ehre und staatsmännische bzw. -frauliche Pflicht.

Weil aber die kräftigen Krieger und strammen Jugendlichen alle an der Grenzfront, mussten zur Kinderzeugung vielfach Kranke, Schwache, Daheimgebliebene herhalten. Dass dabei nichts Vernünftiges herausschauen konnte, war klar. Also erließ Fuxi Fox, auf Anraten seines „Wissenschaftlichen Rates" (bestehend aus drei Graugänsen und zwei Hirschkäfern, die sich alle fünf zwar gut und wichtig vorkamen, von Tuten und Blasen aber keine Ahnung hatten), ein Gesetz zur Vermessung der Schädel und Feststellung der Blutreinheit. Alle Neugeborenen und alle über Sechzigjährigen hatten sich der Prozedur zu unterziehen. Nur wer erbgesund und rein könne die Zukunft des

Reiches, des Waldes und der Heimat sichern, hieß es in den Protokollen des Wissenschaftlichen Rates beinah poetisch. Doch im internen Kreis sprachen sich Graugänse und Hirschkäfer ganz offen und unverhüllt dafür aus, dass Mostschädel und Debile, geistig und körperlich Defekte, Dodel und Krüppel weggehören, nicht lebenswert seien. Und dass Weiber, die solche Wesen zur Welt bringen, unbedingt sterilisiert werden oder gleich auch ganz wegkommen sollten.

Dieses „Gesetz der Blutreinheit", zum Schutz der reinen Rasse und der heimischen Ehre, kam Fuxi Fox und seinen Mannen höchst gelegen. So hatten sie die Möglichkeit, unliebsame Gesellen als krank, irr und verwirrt zu bezeichnen, ins Internierungslager zu stecken und dort entweder sterilisieren oder gleich durch das neu entwickelte tödliche Gift, von den Halbweisen im Labor „Zyklon B" genannt, entsorgen zu lassen.

Gar mancher unliebsame Waldbewohner wurde auf diese Weise problemlos und ohne großes Aufsehen – weil gesetzlich nicht nur vorgesehen, sondern faktisch vorgeschrieben – entfernt. Manch kritischer Geist wurde mit dieser Vorgehensweise entsorgt und zum Schweigen gebracht. Pirol, der bekannte Liedermacher, der in seinen Songs immer wieder mal betonte, dass man den Mächtigen auf die Finger schauen solle, verschwand ebenso wie Chordata, der Breitmaulfrosch, der mit seinen Nachrichten immer wieder mal die Machenschaften der Reichen und Mächtigen im Lande enthüllte. Und manch kritischer Geist wagte – ob der strengen Anwendung des „Blutreinheitsgesetzes" – gar nicht mehr, sein Maul aufzumachen, schwieg freiwillig.

Während im Walde selbst alles gestutzt wurde, was an Geist vorhanden, wurde an der Grenze – zu Land wie zu Wasser – kontrolliert, bewacht, geschützt und abgewehrt. Tausende Krieger, jung wie alt, klein wie groß, droschen auf alles ein, was auch nur versuchte, einen Fuß in den Wald zu setzen. Auch wenn bei manchem der Krieger die Luft schon etwas draußen war, das fehlende Bier die Laune senkte, das immer öfters fehlende Obst und Gemüse die Muskeln schwächte, die ewigen Versprechen der Führung und des Führers vom Paradies, dem ewigen, dem tausendjährigen, von dem weit und breit nichts zu sehen war, die Nerven strapazierte, tat man, wie befohlen und unterwarf sich dem Drill der Sturmscharführer und Hauptfeldwebel.

Andere für sich denken zu lassen ist einfach, nicht anstrengend, ohne großen Aufwand zu machen. Und lange nicht so gefährlich wie die Beanspruchung des Kopfes. Was also sich Gedanken zu machen, sich den Schädel zu zermartern.

So wachten denn an den Waldesgrenzen – zu Land wie zu Wasser – eine unüberwindbare Mauer an Heimattreuen, marschierten auf und ab und hin und her und schlugen alles zurück, was sich ihnen näherte. Gleichzeitig aber gruben unter ihnen, unter ihren

Füßen, andere – den Wald und die Heimat mindestens ebenfalls Liebende wie Dixi Dax und die seinen, diese ihre Liebe aber nicht mit tausend Worten und der Betonung von Blut und Boden, von Scholle und Vaterland, mit Lederhose und Steireranzug hervorkehrend – Gänge und Wege vom Wald ins Ausland.

Dixi Dax, einer der klügsten Tunnelbauer des Landes – Architekt, Techniker, Statiker – und seine Helfer kamen zügig voran. Die einen schaufelten wie verrückt und Millionen von Waldameisen, die sich nie vom Gerede und Getue des Fuxi Fox beeindrucken ließen (weil sie eine wunderbare Königin hatten, der sie treu ergeben waren und in einem feministischen Stammesgebilde der Gleichheit und des Miteinander lebten), die schleppten das Aushubmaterial mit einer unglaublichen Präzision und Schnelligkeit von der Tiefe in die Stinkhöhle und von dort ins Freie.

Und Uku Lele und Krakra flogen mit Scharen von Tauben, die viel zu klug und friedliebend waren, als dass sie auf die kriegsverherrlichenden Worte von Fuxi Fox hereingefallen wären, über den Wald und ließen da wie dort ein Flugblatt fallen. Viel Leben war im Wald allerdings nicht zu erkennen, weil der Großteil der Bewohner im Grenzeinsatz, zur Bewachung des Waldes vor wilden Eindringlingen eingeteilt war. Deshalb auch warfen die Vögel dort, an der Grenze, die meisten der Flugblätter vom Himmel. „Eure Kinder hungern! Schaut so die arische Weltherrschaft aus?" Oder: „Wir haben nichts mehr zu fressen. Soll das so weitergehen?!" Oder: „Unser Wald ist abgewirtschaftet! Habt ihr dafür gekämpft?"

Tatsächlich war es um den Wald, den vielgerühmten, von den Heimatdichtern in Sonetten poetisch gepriesen, von vollbusigen Wesen im prallen Dirndlkleid, das gebärfreudige Becken mit Lust zur Schau gestellt, in tausend Liedern besungen, von Fuxi Fox in Lobeshymnen verehrt und bejubelt, traurig bestellt. Dürre und Trockenheit setzten ihm gewaltig zu. Eine Esche um die andere verendete. Buche und Eiche verloren ihre Blätter. Die Rinde von Fichte und Kiefer wurden mehr und mehr vom Borkenkäfer zerfressen. Sattes grünes Gras gab es so gut wie keines mehr. Selbst Moose und Farne wurden immer weniger.

Vergeblich suchten die weiblichen Waldbewohner, die noch Haus und Hof, Höhle, Nest und Bau bewohnten und nicht zum Grenzschutz einberufen waren, nach Essbarem für ihre Kinder. Brombeeren, die vor wenigen Jahren noch in Massen prall und schwarz aus dem Dornendickicht lugten, waren ebenso verschwunden wie die zarten Rosensträuche mit den köstlichen Hagebutten. Der Holler trug weder Blüte noch Frucht, stand blattlos, dürr und krumm da. Und auch die Nuss- und Kastanienbäume blieben kahl, ohne Essbarem. Kein Pfifferling war mehr zu finden. Kein Löwenzahnpflänzchen mehr zu entdecken. Kein Grashalm mehr zu sehen.

Was noch da war, das wurde von den Küchengehilfen der Schutztruppen gehortet, um die hungrigen Kämpfer und Heimatschützer halbwegs satt zu kriegen. In Scharen wanderten die jungen Helfer aus der Heeresgroßküche durch den Wald und sammelten systematisch alles ein, was halbwegs nach Essbarem aussah. Da gab es nichts, was nicht in die Töpfe wanderte. Alte Tannenzapfen, die zu einer dünnen Suppe aufgekocht wurden, nahm man ebenso mit wie die junge Rinde der Bachweide, die zu Marmelade verarbeitet wurde. Nicht selten kam es vor, dass ein altes Mütterchen, das auf Nahrungssuche unterwegs war, von den Burschen mit Gewalt von dem kleinen Tannenbäumchen getreten wurde, wo sie gerade dabei war, junge Maiwipfelchen zu pflücken. Oder dass Kinder, am Boden kriechend nach Wurzeln grabend, lauthals vertrieben und mit Fußtritten zum Teufel gejagt wurden.

Weil sich die Lage nicht besserte, Dürre und Trockenheit anhielten, der Hunger größer wurde, von den Halbgelehrten im Versuchslabor zwar ein tödliches Gift aber noch immer kein Ersatzbier geschaffen wurde, wurde auch die Stimmung unter den arisch-arischen, treu-treuen Waldbewohner schlechter und schlechter. Auch unter den Schutztruppen, den Ober- und Untergruppenführern, den Ratten, Mardern und Iltissen, allen jenen, die vor gar nicht so langer Zeit dem Führer noch bedingungslosen Gehorsam geschworen, ihm zugejubelt und ewige und immerwährende Treue versprochen hatten. Auch unter ihnen starrte da einem der Trotz aus den Augen, saß da einem anderen die Resignation im gekrümmten Rücken. „Ich kann nicht mehr", schien der eine zu sagen. „Ich mag nicht mehr", der andere. Aber natürlich sagten sie nichts. Schwiegen. Weil sie die Macht der Mächtigen, die Maßnahmen der Obrigkeit bei geringstem Widerstand kannten.

Und doch gab es den einen und anderen, der trotz alledem trotzte. Da stellte sich am helllichten Tage, unweit des Kaiser-Franz-Josef-Platzes (der später in Fuxi-Fox-Platz umbenannt wurde), Fridolin, ein junger Ziesel aus der großen Familie der Erdmännchen (die an sich allesamt dem Fuxi Fox treu ergeben waren), hin und brüllte, weit in den Wald hinein vernehmbar, dass er endlich ein paar Rote Rüben oder Kohlrabi zu fressen wünsche. Klar, dass der kurz darauf verhaftet und zur Umerziehung ins Internierungslager gesteckt wurde. Und unten, am ehemaligen Bache, der einst fröhlich dahinplätscherte, jetzt aber nur noch als dreckig Pfütze, faul und stinkend, wahrzunehmen war, da sang Graureiher Hans das Lied vom Brunnen vor dem Tore und schwärmte von der reinen Quelle, vom sprudelnden Nass, das einst sein Herz erfreute. Dass auch gegen ihn entsprechende Maßnahmen ergriffen wurden, ist wohl klar.

Eben weil die allgemeine Stimmung nicht die beste war, wurden in einer außertourlichen Sitzung der obersten Wald- und Heeresführung Maßnahmen erörtert, wie gegen die zunehmende Aufmüpfigkeit mancher Waldbewohner, gegen die öfters wahrzunehmende Missachtung der Obrigkeit vorgegangen werden könnte, was getan werden sollte, um Zucht und Ordnung wieder herzustellen. Wohl lauschten seine braven Gefolgsleute immer noch seinen Reden, den gezielt und gekonnt gesetzten Worten von Fuxi Fox, aber die Heil- und Bravo-Rufe waren längst nicht mehr so frenetisch wie einst. Und das Leuchten in den Augen seiner Anhänger lange nicht mehr so glänzend und glitzernd und ihm signalisierend: „Befehle, Führer!. Wir folgen!" Und auch die Verleihung von Orden und Mutterkreuzen, von Verdienstmedaillen und Ehrenurkunden brachte nicht mehr das, was vom Erfinder erwünscht und erhofft.

Als wichtigste Maßnahme dieser außertourlichen Sitzung der Führungsspitze wurde die Gründung der GEWAPO, der Geheimen Wald-Polizei beschlossen. Männer, absolut zuverlässig, gehorsam bis aufs Blut und durch und durch ideologisiert, sollten bestens geschult werden, um verräterische, vaterlandsfeindliche Umtriebe aufzudecken und deren Urheber auszuforschen und auszuschalten.

In einem zweiwöchigen Drill wurde den GEWAPO-Männern alles eingebläut, was sie für ihr Tun brauchten: Einerseits das Verkleiden in brave, unscheinbare Bürger, die überall Zugang erhalten, denen keine Tür verschlossen bleiben würde. Und andererseits lernten sie die brutalsten Foltermethoden der Weltgeschichte kennen und anzuwenden. Methoden, mit denen man zu jedem gewünschten Geständnis gelangen konnte. Der Umgang mit Ochsenziemer, Daumenschraube und Streckbank wurde ebenso erprobt wie das Hängen, Ausweiden und Vierteilen.

Die GEWAPO-Leute wurden waldauf, waldab bald schon zur gefürchteten anonymen Bedrohung. Weil man die Typen – bieder verkleidet, wie sie waren, bestens geschult im Täuschen und Irritieren – nicht erkannte (zum Unterschied von Schutz-Truppen und Sturm-Scharen, die alle mit ihren Orden und Auszeichnungen prahlten und voller Stolz ihren Egoismus vor sich her trugen), vermutete man selbst hinter Freunden, Bekannten und Verwandten einen GE-WAPO-Menschen. Oder einen von der GEWAPO angeheuerten Denunzianten. Denn deren gab es gar viele. Je gewaltintensiver die GEWAPO durchgriff, je mehr von ihren brutalen Foltermethoden in der Öffentlichkeit bekannt wurden, umso mehr Waldbewohner wurden zu Denunzianten, um so als Freunde und Mitarbeiter der GEWAPO dazustehen und einer möglichen Folteranwendung – und damit oft dem sicheren Tod – im Vorhinein schon zu entgehen.

Nicht nur kritische Worte von diesem oder jenem Nachbar gegenüber der Wald- und Landesführung oder gar gegenüber Fuxi Fox persönlich, seinem Auftreten, seinem Gehabe, seiner Phrasendrescherei – ob tatsächlich von diesen geäußert oder vom Denunzianten nur erdacht – wurden der GEWAPO gemeldet. Selbst Aussagen wie „Schwammerlsoß mit Heidensterz wär wieder mal was Gutes!" oder „hoffentlich gibt es bald wieder Bier" wurden bei der GEWAPO zur Anzeige gebracht. Kinder verpfiffen ihre Eltern, der Bruder den Bruder, der Freund den Freund. Und öfters kam es vor, dass der Ehemann seine Frau anzeigte, weil diese ihn an der Zeugung eines kleinen Ariers hinderte. Oder dass der eine Nachbar, der es auf den Bau des anderen Nachbarn absah, diesen bei der GEWAPO vernaderte, mit dem Hinweis, er habe gesehen, wie er ein verbotenes Buch gelesen habe.

Schon der Hinweis „er hat ganz scharf nach links geschaut" genügte, um von der GEWAPO verhaftet und verhört zu werden. Und wer von ihr verhört wurde, der gestand auch. Seine Beteuerung, dass er bei einem Felssturz von einem Stein am rechten Auge getroffen wurde und dieses erblindete (und er deshalb für sein einseitiges Geschau nichts könne), half Rupi, der Gebirgsgams, wenig. Nachdem auch sein zweites Auge, das linke, zum Erlöschen gebracht wurde, gestand er und ging bald darauf in Lager elendiglich zu Grunde.

Aber nicht nur Landesverrat, Führerkritik, Vergehen am Blutreinheitsgesetz wurde von der GEWAPO verfolgt und geahndet. Nicht nur die kleinste ideologische Kritik am System wurde gemeldet und zur

Anzeige gebracht. Auch jede Abweichung von dem, was im Waldesreich als normal galt, wurde von Denunzianten als meldepflichtig betrachtet und der geheimen Polizei zugetragen. Etwa das Verhalten der Familie Lamm – Vater, Mutter, drei Kinder – die jeden Sonntag zu einem Gott beten würden, den sie mehr verehrten und schätzten denn Fuxi Fox, den höchsten Führer des Waldes.

Auch die beiden männlichen Trauerschwäne wurden bei der GEWAPO zur Anzeige gebracht, weil sie in der Öffentlichkeit händchenhaltend gesehen wurden und sich sogar geküsst haben sollen. Beide wurden – nachdem sie sich gegen die angeordnete Zwangssterilisierung wehrten – von den GEWAPO-Verhörern erschlagen. Und die beiden Stockenten – ebenfalls einer homosexuellen Beziehung angeklagt – wurden ins Umerziehungslager gesteckt, wo sie bald mal vergast wurden.

Besonders interessiert war die GEWAPO natürlich an der Aushebung und Ausschaltung von echten Regierungsgegnern, von Widerstandsgruppen und antiarischen Einzelkämpfern. Deshalb auch warf sie ein besonderes Auge auf Dixi Dax, Uku Lele, Krakra. Und auf Figuren in deren Umfeld. Um an Informationen zu kommen, wurde sogar versucht, einen Verbindungsmann, einen V-Mann in den Freundeskreis von Dixi Dax zu schmuggeln. Das heißt: eigentlich war es ja kein   Verbindungsmann,   sondern   eine

Verbindungsfrau, eine V-Frau. Und was für eine …

Nachtigall, Florence Nachtigall hieß sie. Sie war einst die Solosängerin im Jugendchor, in dem Dixi Dax vor vielen Jahren mitsang und in die der junge Dachs damals (wie viele andere Chorsänger auch) schwer verliebt war. Sie war *die* Schönheit des Waldes. Und kaum einer der Burschen, der nicht versuchte, sie rumzukriegen.

Eben diese Florence Nachtigall wurde von der GE-WAPO angeworben – oder besser: sie wurde gezwungen, denn da gab es niemanden, der gewagt hätte, sich der Aufforderung der Geheimen Waldpolizei zu widersetzen – die Nähe zu Fuxi Fox zu suchen, ihm schöne Augen zu machen und ihm in der Ekstase des Beischlafs Geheimnisse zu entlocken.

Weil Dixi Dax aber um einiges klüger war als all diese Pragmatiker und Einheitsdenker der Fuxi-Fox-Truppe, hatte er den Braten schneller als schnell schon gerochen. Und hat den Spieß umgedreht. Er genoss die Umschmeichelungen und Annäherungsversuche der schönen Florence, ließ sich von ihr verführen und gab dabei gar vieles preis. Allerdings nur das, was die Geheimpolizei unbedingt von ihm erfahren sollte. Informationen, mit denen er sie auf die falsche Fährte locken wollte.

Dass er aus sicherer Quelle weiß, dass die deutschen Schäferhunde einen Aufstand gegen Fuxi Fox planen. Dass der Bulle Zentaurus und der Zuchteber Fridolin einen Umsturz vorbereiten. Dass Hasso, die Bulldogge, den großen Führer Fuxi Fox bei seinen Leuten, den Schutztruppen, als homosexuelles Weichei verunglimpfe. In seiner Redseligkeit fügte Dixi Dax noch hinzu, dass Fuxi Fox das nicht verdient habe. Denn eines sei er sicher nicht: ein homosexuelles Weichei. Schließlich sei er, Dixi Dax, über viele Jahre sein bester Freund gewesen, kenne ihn wie einen Bruder. Und er habe ihn, trotz all der unterschiedlichen weltanschaulichen Meinungen, die sie haben, immer noch gerne, den Fuxi Fox, seinen Freund aus Kindheits- und Jugendtagen.

Weil die Worte von Florence Nachtigall von besonderer Brisanz, wurde sie gleich mal dem obersten Befehlshaber, dem Führer persönlich vorgeführt. Auch ihm, Fuxi Fox, berichtete sie, was Dixi Dax ihr in einem Schwall sexueller Erregung mitgeteilt habe. Fuxi Fox bedankte sich und ging – ohne das Angebot von Florence Nachtigall auch nur in Gedanken anzunehmen, die sich ihm wie ein offenes Tennentor darbot – strammen Schrittes Richtung Führerhauptquartier, wo er in einem Tobsuchtsanfall den aufgestellten Kratzbaum zertrümmerte und drei Mal in den Gummiring an der Wand biss, einem Antiaggressionsinstrument, das ihm von seinem Psychotherapeuten bei einer der ersten Sitzungen freundschaftlich überreicht wurde.

Innerhalb kürzester Zeit saßen sämtliche Schäferhunde im Internierungslager, gestanden unter Folter den GEWAPO-Männern Dinge, von denen sie selbst keine Ahnung hatten, und wurden daraufhin ins Gas geschickt.

Einer Heerschar von mehreren tausend Ratten wurde im Auftrag des Führers der Befehl erteilt, in der Nacht in die Schlafstatt des Bullen Zentaurus zu dringen und diesen schön langsam zu zerfleischen. Die über zweitausend Kilo Lebendgewicht dürfen sie untereinander aufteilen, hieß es. Und falls sie nicht satt würden, der Zuchteber Fridolin sollte ebenfalls entsorgt werden.

Am meisten enttäuscht war Fuxi Fox von Hasso, der Bulldogge, die er zu seinem Stellvertreter gemacht und der er absolut vertraute. Ein Schlag ins Gesicht, als er von Fuxi Fox – über den Umweg Florence Nachtigall – erfuhr, dass Hasso so furchtbare Lügen, so beschämende Unwahrheiten über ihn erzählte und ihn so vor seinen eigenen Truppen zur Schnecke machte, der Lächerlichkeit preisgab. Deshalb auch war er persönlich mit dabei, als die GEWAPO den Führerstellvertreter ins Verhör nahm.

Dass er niemals sowas gesagt habe, dass ihm niemals in den Sinn kommen würde, so etwas von seinem Führer zu behaupten. Er, Fuxi Fox, müsse ihn doch kennen, seinen Vertrauten, seinen Freund, der stets loyal und treu hinter ihm gestanden. Aber nichts half.

Die Daumenschrauben wurden angezogen. Die Brenneisen am Hinterteil angesetzt.

Wohl versuchte Hasso seinen Führer noch immer von seiner bedingungslosen Treue zu ihm zu überzeugen. Weil aber die Daumenschrauben weiter angezogen wurden, der Geruch von verbranntem Haar, verbrannter Haut und bald auch von verbranntem Fleisch in der Luft lag, die Schreie nicht mehr verständlich und die Schmerzen nicht mehr auszuhalten waren, nickte Hasso nur noch und stammelte, schwer verständlich „ja, ja, ja!", als der verhörführende Hauptmann der Geheimen Waldpolizei fragte, ob es stimme, dass er, Hasso, den Führer des Waldes, den größten Feldherren aller Zeiten, tatsächlich als Schwuchtel und homosexuelles Weichei verunglimpft habe.

Fuxi Fox, der während des Verhöres enttäuscht und geknickt in der Ecke stand – schwer zu sagen, ob da nicht eine Träne in seinem Auge – nickte dem Hauptmann nur knapp zu, worauf dieser mit einem gezielten Kopfschuss dem Volks- und Vaterlandsverräter mit sichtbarer Freude ein rasches Ende bereitete.

So sehr Fuxi Fox am Verrat durch die Schäferhunde, die Bulldogge, den Zuchtbullen und Zuchteber – allesamt Zugewanderte, zwar nicht aus ganz fremden Kulturen, aber doch halt Zugewanderte, denen man nicht vollkommen trauen konnte, wie ja eben bewiesen – zu leiden hatte, so sehr freute ihn, was diese Florence Nachtigall, die V-Frau, weiter berichtete.

Über das, was Dixi Dax über ihn, über Fuxi Fox, erzählt habe. Dass er immer noch sein Freund sei. Dass eine Freundschaft über so viele Jahre nicht zu zerstören sei.

Und Fuxi Fox überlegte ernsthaft, ob er sich nicht mit Fuxi Fox treffen sollte, ob er ihm nicht gar ein Friedensangebot machen und ihn als Führungskraft ins Boot, in sein Team holen sollte. Er überlegte sich sogar, welches ministerielle Amt er ihm anbieten, welche Regierungsverantwortung er ihm übertragen könnte. Aber dieser Gedanke war kurz nur da. Zu ernst war die Lage. Für lange Träumereien blieb keine Zeit. Zu sehr kriselte es hinten und vorne, als dass man fernen Fantastereien nachhängen hätte können.

Weil unter den Waldbewohnern immer öfter von den Brutalitäten der GEWAPO die Rede war, weil da wie dort erzählt wurde, mit welcher Grobheit selbst verdienstvolle Soldaten und Kämpfer für die Heimat und das Arische behandelt wurden, wie selbst anerkannte und hochdekorierte Persönlichkeiten des öffentlichen Lebens, wie die beiden Trauerschwäne, dramatische Künstler und großartige Charakterdarsteller auf der einst berühmten Seebühne des Waldes, einfach verschwanden, wurde vom Führerhauptquartier – in Rücksprache mit dem Propagandaministerium – eine neue Form des Vorgehens und Auftretens beschlossen: Zurückhaltung der Geheimen Staatspolizei. Absolutes Stillschweigen über ihr Vorgehen. Keinerlei

Negativmeldungen mehr. Vermeidung eines aggressiven Stiles. Nur noch positive Berichterstattungen.

„Eine klare Formulierung, Darstellung und Visualisierung der Zukunft des tausendjährigen Reiches, Hoffnung wecken!" forderte der Führer von seinen Stäben. „Keine Horrormeldungen mehr! Ich will ja nicht als fürchterlicher und furchterregender Barbar in die Weltgeschichte eingehen. Die Nachwelt soll mich ja nicht als GRÖFAZ, als Größten Folterer aller Zeiten in Erinnerung behalten!" Und er wiederholte: „Positiv! Verstanden! Absolut positiv! Habt ihr mich verstanden?!" Und erst nach einem strammen „Jawoll, mein Führer" gab sich Fuxi Fox zufrieden.

„Hoffnung wecken!", so hieß denn auch die neue Parole. Das Propagandaministerium ließ Filme drehen, in denen Waldbewohner in grünen Wiesen lagen, in denen das Korn golden aus den Äckern lachte, in denen Margarite und Mohn um die Wette blühten, in denen Kinder im Teiche plätscherten und junge Waldbewohnerinnen leicht bekleidet unter dem Wasserfall sich räkelten. Natürlich wurden diese Filme nicht wirklich gedreht. Entsprechende Drehorte zu finden, wäre recht schwierig gewesen. Technisch war es aber kein Problem, alte Bilder mit neuen zu mischen. So entstanden Szenen voller Schönheit, Filmsequenzen voller Glück und Zufriedenheit.

Inmitten dieser bewegten und bewegenden Momenten immer wieder Bilder des Führers, Bilder von

Fuxi Fox. Aber nicht Bilder vom großen Staatsmann und Heerführer, vom größten Feldherren aller Zeiten, nicht Bilder von strengem Blick und strenger Haltung. Vielmehr Bilder voller Menschlichkeit und Herzensgüte. Der Führer mit dem Kleinkind am Arm. Der Führer mit dem alten Mütterlein, das er herzt. Der Führer, wie er ein Bambi, ein Rehkitz, streichelt. Der Führer mit Jugendlichen beim Roller-Skaten. Der Führer mit Schaufel beim Spatenstich. Der Führer beim Durchschneiden des Bandes. Stets lächelnd. Die Mundwinkel immer nach oben. Die Augen weit geöffnet. Nie und nirgends eine Falte zeigend.

Das Volk war begeistert von den Filmen. Wie so oft: man vergisst recht rasch was war, wenn neue Versprechungen auftauchen. Man vergisst recht schnell, wenn gelächelt und neu versprochen wird. So vergaß auch die Waldbevölkerung ob des Führers neuem Lächeln schneller als schnell die Brutalitäten der GEWAPO, vergaß die rücksichtslosen Maßnahmen, vergaß sogar das fehlende Bier … und berauschte sich an den Bildern voller Schönheit, am Traum von einem neuen Walde, am Traum vom tausendjährigen Reiche.

„Waldbewohner! Arier! Freunde! Gebt mir ein klein wenig Zeit. Habt ein bisschen Geduld mit mir. Und ich schwöre euch, ihr werdet es nicht bereuen. Ich werde euch eine Zukunft schaffen, die leuchtend und glänzend sein wird, wie nie eine Zukunft zuvor je war. Eine Zukunft, in der jeder brave Arier im Schoße seiner Familie und im Schoße der großen Familie der Volksgemeinschaft glücklich sein wird. Eine Zukunft, in der Milch und Honig für alle jene fließen wird, die reinen Blutes sind. Eine Zukunft, in der keine Quelle mehr versiegen, in der es eine unglaubliche Fülle an Kostbarkeiten und Genüssen geben wird. Das tausendjährige Reich. Das Paradies auf Erden."

Man glaubte den neuen Versprechungen, die so verlockend doch klangen. Man durfte wieder hoffen. Man fand neuen Lebensmut. Und jubelte wieder feste und voller Inbrunst dem Führer zu. Zumindest vorübergehend machte sich neuer Glaube an Fuxi Fox und das Reich breit, erfasste frischer Schwung die Waldbewohner.

Dixi Dax und seine Helfer, all die Tiefbauarbeiter und Grabengräber, die Wühlmäuse, Maulwürfe und die Scharen von Ameisen hatten es geschafft. Man war unter der Waldgrenze durch und kam im ehemaligen Ausland, im benachbarten, im Wiesen- und Ackerland wieder ans Tageslicht. Und sie staunten nicht schlecht, Dixi Dax und seine Helfer. Ihren Augen wollten sie nicht recht trauen ob dem, was sie da erschauten. Da hingen keine ausgezehrten, hungernde, dürstende Flüchtlinge herum. Da lagen keine zerschundenen Kreaturen, von Zentaurus Kopfstößen schwer verletzte Gazellen und Antilopen jammernd und klagend am Boden. Da gab es keinen verbitterten bengalischen Tiger, keinen mut- und hoffnungslosen Wasserbüffel.

Da bettelte keine Giraffe und kein Zebra um einen Bissen Brot, um einen Schluck Wasser. Im Gegenteil. Mit einem breiten Lachen kam Tschäki Tschak, der Goldschakal, auf Dixi Dax zu, umarmte ihn und klopfte ihm kräftig auf die Schulter. Vital und voller Leben. Und gar nicht wie der vertriebene, verstoßene, aus dem Land geworfene Staatsfeind, den Dixi Dax in seinen Gedanken mehr tot denn lebend vor sich sah.

Auch Simba und Mauritia und Huru Hüpf und Eudorika und all die anderen aus dem Wald geworfenen nichtarischen, minderwertigen und unreinen Kreaturen sahen gesund aus, lächelten, wirkten richtig fröhlich. Außer den Altbekannten waren noch viele andere Tiere da, die Dixi Dax nicht kannte. Tiere, die zuletzt versucht haben mussten, in den Wald zu kommen, wo sie aber von den Grenzschützern, von tausenden Ratten, Mardern, Iltissen und anderen bissigen Viechern am Weiterkommen gehindert wurden.

Nicht nur über den guten körperlichen Zustand seiner alten Freunde staunte Dixi Dax. Auch etwas anderes ließ ihn ungläubig den Kopf schütteln. In den Wiesen, in denen zuletzt nichts mehr wuchs und das Gras braun und verdorrt darniederlag, waren vereinzelt grüne Büschelchen zu erkennen. Und in den Äckern, wo nichts mehr gedieh, wo breite Risse sich auftaten, wo die Erde hart und fest wie Stein war, da sprossen Pflänzchen, klein und zart aus dem Boden. Das Land vor dem Wald, aus dem Kuh und Pferd, Schaf,

Schwein und Ziege, Huhn und Hahn in den Wald geflüchtet kamen, weil sie in ihrem eigenen Land nichts mehr zum Fressen fanden und vor dem Verhungern standen, schien von einem Wunder heimgesucht, mit einem Zauber versehen.

„Wie?", staunte Dixi Dax und schaute nach links und rechts, nach vorne und hinten. Kein weiteres Wort brachte er ob der Überraschung hervor. „Wie?", nur dieses „Wie?" Und dazu die großen Augen, der ungläubige Blick. Und er ließ sich von Tschäki Tschak erklären, wie sie – die Ausgestoßenen – es aus der Not, aus dem Zwang heraus schafften, dem Elend zu entkommen, Möglichkeiten des Überlebens zu finden. Wie es ihnen gelang, die Vertreibung aus dem Wald für einen Neubeginn zu nutzen, aus der Not eine Tugend zu machen. Und Tschäki Tschak führte Dixi Dax herum, stellte ihm diesen und jenen Neuen vor, schilderte ihm das Schicksal von der und der, und bemühte sich, ihm das vermeintliche Wunder zu erklären.

Auch im Wald sprach sich bald mal herum, dass außerhalb der Grenze neues Leben entstehe. Ein Kundschafter der Schutztruppen wurde ausgeschickt, Näheres zu entdecken. Und der ähnlich wie Dixi Dax überrascht war von dem, was er sah. Als er aus dem Tunnel auftauchte, als er den aufgebauten Zaun, den mächtigen Schutzwall, überwunden hatte und ins Feindesgebiet vorgedrungen war, machte er ziemlich große Augen. Exotische Tiere, deren Namen er nicht einmal kannte und die garantiert nicht arisch waren, riesige und nicht so riesige, erschaute er. Und er sah den bengalischen Tiger und den Wasserbüffel und andere, von denen er annahm, dass sie längst tot. Er sah, wie sie friedlich beisammensaßen, miteinander redeten, diskutierten und überhaupt nicht tot wirkten. Und er sah, dass es ihnen gut ging, dass sie zu essen und zu trinken hatten, dass Teile der Wiese grün und dass es im Acker keimte und trieb.

Zurück bei seinen Truppen meldete er, dass es den Mullahs und Negern und Zigeunern da drüben tausend Mal besser ginge als ihnen. Weil er – wie viele des arischen Volkes – leicht zur Übertreibung neigte, berichtete er von Feiern und Festen, von den Köstlichkeiten, die da geschmaust und dem Bier, das da getrunken wurde.

Hatte der neue Auftritt des Führers, seine menschliche, händeschüttelnde, kusshändchenwerfende Art – in Verbindung mit den Bildern von der Zukunft des Landes, vom neuen Wald, vom tausendjährigen Reich – für neue Motivation und Begeisterung für das Arische, das erbgesunde Volk, die reine Rasse gesorgt, so verstärkte sich dies nun um die Wut auf alles Nichtarische.

Dass da hinter der Grenze, nicht weit von ihnen, Wilde, Heiden und Barbaren, Ungläubige, zur Hölle Verdammte, besser lebten als sie, die braven, reinen Arier. Dass da Araber und Berserker, Schwarze, Gelbe und Rote zu Fressen und zu Saufen hatten, während sie hungerten und dahinvegetierten. Dass da wilde Orgien gefeiert wurden, bei denen Bier und Wein in Strömen floss, während sie verzichteten und einsparten, wo immer dies möglich war, wo immer sie konnten.

Ob der Nachricht vom ausschweifenden Leben des Gesindels hinter der Grenze, dem frivolen Treiben dieser Unreinen, der Gauner und Verbrecher, stieg vielen Waldbewohnern das arische Blut in den Schädel und ließ die Köpfe zornesrot anschwellen.

Eine unheimliche Wut auf alles was fremd und von weit her und unbekannt machte sich breit, ging um im Wald und setzte sich fest. Ein Hass auf alles Fremde, wie er zuvor noch nie da war. Mit Genuss hätten sie, die Heimischen, die Reinen, die Echten und Wahren, zum Pflasterstein gegriffen. Und hätten ihn dem Ausländer mit Freud auf den Schädel gedonnert. So lange, bis der sich nicht mehr gerührt hätte. Und hätten sich dann noch, voller Häme und Rachsucht, breitbeinig über seinen wehrlosen Leib gestellt und auf diesen runtergepinkelt. So heftig, so wild war er, der Hass, von dem viele Bewohner des Waldes erfasst wurden.

Und damit war es wieder da, das Feindbild, das Fuxi Fox so dringend brauchte. Und das er – dummerweise – so radikal entsorgen ließ. Jetzt durfte er – neben den gutherzigen, großmütigen, fürsorglich-liebevollen Worten – auch wieder härtere Töne anklingen lassen. Tiraden gegen das Fremde. Schimpforgien gegen das Unreine. Verhetzung gegen alle, die anders sind als wir. „Es reicht! Ab heute gibt es keine Gnade mehr!" Das Propagandaministerium wechselte einmal mehr die Strategie.

Weil immer öfters ein Kundschafter mit der Meldung heimkehrte, dass hinter der Grenze, im einst unfruchtbaren Ackerland, Weizen und Hafer gedeihe und in den Wiesen Klee und Gras wachse, dass Quellen gefasst wurden und alles zu essen und zu trinken habe, im Wald aber alles weniger und weniger, der Hunger und der Durst dafür immer mehr und mehr wurde, war für Fuxi Fox die Stunde der Wahrheit gekommen. „Die Zeit ist reif!", meinte er. Alles passte bestens zusammen. Es konnte losgeschlagen werden.

Er und das Propagandaministerium luden unter dem Titel „patriotische Pflicht und vaterländische Ehr" zur großen arischen Volksversammlung unter dem Feldherrenhügel. An der Waldgrenze wurde nur ein kleiner Schutztrupp zur Sicherung zurückgelassen, alles andere hatte dem Aufruf des Führers zu folgen. „Heute geht es im alles! Heute geht es um die Zukunft der Welt! Der Führer spricht!"

Zur Einstimmung auf die Volksversammlung wurde der Film „Sieg des Glaubens" gezeigt. Ein Film, in dem der Führer ein junges Eichkätzchen, das in der Krone des brennenden Baumes festsaß und verzweifelt um Hilfe schrie, unter Einsatz seines Lebens rettete. „Wenn wir daran glauben, ist alles möglich!", hielt er am Ende des Filmes das Tier in die Kamera und zeigte dabei nicht nur seine kohlschwarzen Hände, sondern auch seine Brandblasen an den Unterarmen. Einige der Mädchen aus dem „Bund junger Waldfrauen" fielen vor Entzückung in Ohnmacht.

Nach der Vorführung des Filmes, die von vielen mit feuchten Augen beklatscht und bejubelt wurde, dankte Fuxi Fox den zehn gebärfreudigsten Waldbewohnerinnen für den arischen Nachwuchs, den sie ihm schenkten und überreichte ihnen das Mutterkreuz in Gold. Dann war genug der Herzlichkeit. Und Fuxi Fox schritt zum härteren Teil der Versammlung, zur „Stunde der Wahrheit".

„Draußen, vor den Toren des Waldes, stehen feige, fremde Mächte, die uns provozieren. Wir werden das nicht dulden! Ab sofort wird zurückgeschlagen!" Ab sofort gäbe es kein Erbarmen mehr. Wer sich ihm in den Weg stelle, der werde niedergemacht. Ohne jede Rücksichtnahme. „Ich werde Hieb mit Hieb, Bombe mit Bombe vergelten!" Er und sein Volk („ich und ihr, meine braven Arier"), sie hätten ab sofort kein Verständnis mehr für Milde. Die Zeit der Nachsicht sei vorüber. Wer nicht für ihn sei, der sei gegen ihn. Und werde zerstört. „Radikal!"

Weil man Fuxi Fox längere Zeit nicht mehr mit so viel Charisma und siegessicherer Euphorie reden hörte, die Worte glasklar hingesetzt, das „r" in „radikal" rollend wie Steinblöcke, die zu Tale stürzen, war

das Volk begeistert. „Das ist er wieder, der GRÖ-
FAZ!“, strahlten viele um die Wette und waren schon
mit den ersten Sätzen des Führers vom schnellen Sieg
über die wilden Barbaren vor den Toren des Waldes
überzeugt.

Und tatsächlich lief Fuxi Fox rasch zu alter Stärke
auf, zu jener stattlichen Größe, die ihn dereinst so auszeichnete. Dass eine Horde ausländischer Saboteure
und Verbrecher ihnen das Wasser abgraben wolle, sie
ihrer Nahrung zu berauben versuche. Verbrecher, die
er vor kurzem noch verschont habe, denen er das Leben geschenkt habe, die er nur vertrieben, aus dem
Wald gewiesen habe, statt sie gleich umzubringen und
auszurotten. Zu gutmütig, viel zu gutmütig sei er gewesen. Und das sei jetzt der Dank! Aber da seien sie
an den Falschen geraten. „Ab sofort wird zurückgeschossen! Ab heute wird Bombe mit Bombe, Granate
mit Granate vergolten!“

Applaus. Heilrufe. Jubelchöre. „Schmarotzer und
Parasiten, welche die Zersetzung und Vergiftung der
arischen Rasse anstreben, werden ab sofort auf der
Stelle und ohne Rücksichtnahme erschossen. Ab heute
kennen wir keinen Pardon mehr!“

Die Arterhaltung des reinen Blutes müsse das
höchste Ziel, das oberste Gebot sein. Ein Gebot, dem
sich alles unterzuordnen habe.

Wieder Applaus. Und Heilrufe. Und Jubelchöre.

Zur vollkommenen Entfaltung der arischen Rasse brauche es mehr Lebensraum. „Wir brauchen mehr Platz, mehr Land, mehr Boden!" Gerade die arische Rasse mit ihrer feinen Kultur, ihrer germanischen Herkunft, brauche Möglichkeiten der Entfaltung. Im körperlichen wie im geistigen Sinne. Größe dulde keine Einengung. Eine reine Rasse, eine Herrscherrasse brauche Weite. Ausblick und Weite.

Eben dem werde er künftighin alle Maßnahmen unterordnen. Er werde für Siedlungsraum für seine braven Volksgenossen sorgen und für sie fruchtbaren Boden erkämpfen und gewinnen. Fruchtbarer Boden, auf dem gedeihe, was der brave Arier mit Herzblut gesät. Auf dem tausendfach wachse, was ehrliche Hände mit Liebe gepflanzt. „Ich schwöre euch – beim Leben meines Vaters und der Ehre all meiner Vorväter – dass ich all das bald schon erreichen und euch – liebe Arier – ein blühendes Reich schaffen werde, das tausend Jahre und länger andauern wird!" Er werde dafür sorgen, dass jeder arische Mann und jede arische Frau und jedes arische Kind die süßesten Früchte zu essen bekomme. Und dass es für jedermann genügend Bier zu trinken gebe.

Damit hob er die Hand zum Gruße, fuhr einmal seinem Schnauzer entlang, warf den Kopf in den Nacken und blickte stoisch über die Massen und wartete. Herausfordernd genau das, was gleich kommen werde. Und es kam.

Der Jubel kannte keine Grenzen. Das Volk, vor gar nicht so langer Zeit recht enttäuscht von der Führungsriege, unzufrieden ob der Nahrungsknappheit, frustriert ob dem fehlenden Bier, war plötzlich wieder Feuer und Flamme ob den paradiesischen Zuständen, die da von ihrem Führer in den Raum gemalt und für die Zukunft verheißen wurden.

„Heil! Heil! Heil!", hallte es durch den Wald. Jo, eigentlich Joseph, ein Rehbock, der durch einen Jagdunfall am linken Hinterbein leicht lahmte, dies aber durch ein umso größeres Maulwerk wieder ausglich, wurde nach dem Umsturzversuch und der darauffolgenden Säuberungsaktion der Führungsriege (der Hasso und die seinen zum Opfer fielen), zum neuen Stellvertreter von Fuxi Fox und zum Propagandaminister des Waldreiches bestellt, stand stolz neben seinem Führer und plärrte in seiner unverwechselbaren Art ins Mikro: „Ein Volk! Ein Reich! Ein Führer!" Und aus tausenden Kehlen kam es zurück: „Ein Volk! Ein Reich! Ein Führer!" Nicht einmal, nicht zweimal, nicht dreimal. Nein: viermal, fünfmal und mehr. Und es dauerte, bis Fuxi Fox wieder zu Worte kam.

Fuxi Fox nutzte die Gunst der Stunde, die neue Begeisterung, den Zorn seiner Arier auf das nichtarische Gesindel vor den Toren des Waldes, die Sehnsucht nach dem anscheinend bald schon kommenden tausendjährigen Reich, in dem Milch und Honig fließen sollen und rief als erste Maßnahme zur Erringung seiner Ziele, zur Erringung des Endsieges, die allgemeine Arbeits- und Wehrpflicht aus. Jeder Waldbewohner, ob männlich oder weiblich, ob jung oder alt, hatte entweder Arbeitsdienst oder aber Wehrdienst zu leisten. Im Idealfall beides.

„Jeder Arier darf es als Ehre sehen, eingezogen zu werden und dem Reich und seiner Zukunft durch freiwillige, unentgeltliche Arbeit zu dienen", hieß es in den Kundmachungen. Und Propagandaminister Joseph Rehbock verkündete in einer seiner vielen Reden, dass Arbeitsdienst Ehrendienst am Reiche und am Volke sei. Dass es kein besseres Mittel gebe, die Einheit des Volkes zu stärken, als wenn klein und groß, alt und jung, Mann und Frau, arm und reich miteinander arbeiten, gemeinsam zugreifen, sich gegenseitig unterstützen würden. Ohne Unterschied von Klasse, Alter und Geschlecht.

Auch Dixi Dax, Uku Lele, Krakra und die anderen aus der Widerstandsgruppe „Rote Nelke" wurden zum Dienste eingezogen. Wieder die Diskussion darüber, ob man der Einberufung Folge leisten oder durch das Tunnelsystem das Land verlassen und den Kampf gegen das tyrannische System vom Ausland aus führen soll. Das Argument von Dixi Dax, im Wald zu bleiben, im Arbeitsdienst mitzumachen, um informiert zu sein, um über die Pläne des Heeres und der arischen Heerscharen Bescheid zu wissen, wurde schließlich mehrheitlich angenommen.

Die Gruppe „Rote Nelke" traf sich einmal wöchentlich in der Stinkehöhle, der sich – ob des Gestankes, der von ihr immer noch ausging – außer der Widerstandsgruppe niemand näherte. Zu sehr brannte der Leichengeruch in der Nase, blieb einem ob der dicken Luft eben diese weg.

Eine Zeit lang waren „die roten Nelken" sehr zuversichtlich, dass der Umsturz gelingen könnte, dass das Volk der Waldbewohner ihrem Führer den weiteren Gehorsam verweigern könnte. Unzufriedenheit, Hunger und die Sehnsucht nach Bier ließen da wie dort Aufmüpfigkeit und Widerstand gegen die Obrigkeit erkennen. Aber seit Kriegsankündigung, seit dem Versprechen des Führers, die gottlosen Barbaren an der Grenze des Waldes mit Bomben und Granaten zu besiegen, kurz und klein zu schlagen, mit Haut und Haar zu fressen, seit dieser Kriegserklärung hat sich das Bild geändert, hat sich die Zustimmung gewandelt.

Mit einer unglaublichen Begeisterung, mit einem Leuchten in den Augen, mit treuherzigem Blicke marschierten tausende heimat- und vaterlandstreue Wehrleute im Gleichschritt über die Exerzierplätze des Waldes und übten den Ernstfall. Das arische Lied vom „Führer, dem wir blinde folgen" aus unzähligen Kehlen geplärrt und gejodelt, hoben sie ihre Köpfe in den Nacken, streckten sie ihre Brüste wie Kampfhähne heraus und warfen sie ihre Beine hoch und höher. Spielten Krieg und zeigten ihre Unbesiegbarkeit.

Und im Arbeitsdienst wurde Tag und Nacht gewerkt. Unablässig. Immerfort. Zu Volksliedern, gemeinsam gesungen, oft gar drei- oder vierstimmig, wurden Haselnussstauden geschnitten und zugespitzt, wurden aus verdorrten Fichtenstämmchen Speere gefertigt, wurden Steinschleudern und Armbrüste geschaffen, wurden Dreschflegel, Keulen und Morgensterne gebastelt, wurden Rammböcke, Lanzen und Wurfbeile hergestellt. Unaufhörlich wurde Kriegswerkzeug produziert. Noch und noch.

Wohl versuchten Dixi Dax und andere aus der Gruppe „Rote Nelke" den vielstimmigen Liedgesang zu entzaubern. Mit provokanten Sätzen wie „ob es heute wohl mit Käse gratinierte Kartoffeln auf gebackenen Salbeiblättchen gibt?" oder „meine Güte, wäre jetzt ein Bier etwas Gutes!" bemühten sie sich, auf das vielfach Fehlende hinzuweisen und Zustimmung zu erheischen.

Mit der Frage, wie die Nichtarischen über der Grenze es nur schaffen, dass bei ihnen Hafer und Weizen gedeihen, wollte man Diskussionen anregen.

Mit dem Hinweis, dass Dixi Dax lange Jahre der beste Freund des Führers gewesen sei, bemühte man sich, die Autorität und Akzeptanz von Dixi Dax in der Gruppe zu stärken, ihn zur Persönlichkeit zu machen, der man sich anvertraut.

Aber nichts half. Durch nichts ließ sich der Gesang

stoppen, durch nichts ließ sich die Dynamik des Tuns aufhalten. Ununterbrochen wurde es produziert, das Kriegs- und Tötungswerkzeug. Mit Freude, mit Gesang, mit leuchtenden Augen.

In der wenigen nichtzwangsarbeitenden Zeit, in den Nachtstunden, schlichen Dixi Dax und andere kleingewachsene Untergrund- und Widerstandskämpfer von der Stinkehöhle aus durch die gebuddelten Gänge ins Nachbarland. Man traf sich zu Besprechungen mit Tschäki Tschak, Simba und anderen Strategen des nichtarischen Lagers.

Die aus dem Wald Kommenden, dort Wohn- und Sesshaften, informierten die aus dem Wald Vertriebenen und Verbannten, jetzt im Ackerland vor dem Wald Lebenden, über den Stand der Dinge.

Dass der Krieg erprobt werde, dass viele tausende Wehrmänner das Marschieren, das Links- und Rechts-Um-Machen, das Strammstehen üben würden und sich im Kampfe und Totschlagen trainieren. Und dass ebenso viele tausende arbeitsdienstvollbringende Kinder, Männer, Frauen und Greise Tag für Tag, Nacht für Nacht Werkzeuge zum Schlagen, Stechen, Klopfen, Töten herstellen und auf ihre Art zum Kampfe rüsten.

Gemeinsam fragte man sich, was wohl vernünftiger. Ein Abzug der Nichtarier? Ein Rückzug vor dem Angriff der Arier? Ein Rückzug, weit nach hinten? Bis fast in die Berge? Oder ein sich bereit machen, ein sich stärken und fit machen für den Kampf?

Weil in der Zwischenzeit zu den aus dem Wald Vertriebenen viele, viele andere Wesen gestoßen sind; Wesen, aus ihrer Heimat geflohen, im Ackerland an der Waldgrenze gestrandet – große, mächtige, kräftige, flinke, schnelle, geschickte und kluge Tiere, Geparden aus Namibia, Riesenlamas aus den Anden, zwei Breitmaulnashörner aus Kenia, eine königliche Pythonschlange aus Australien, Strauße aus Somalia, ja sogar Elefanten aus Indien – war man überzeugt, im Kampf gegen Ratten, Marder, Iltisse und andere kratz- und bisswütige Teufel bestehen zu können. Und war bereit, sich der Auseinandersetzung zu stellen. Und rüstete zur Verteidigung des Ackerlandes, der neuen Heimat, gegen die Angreifer aus dem Walde.

Dixi Dax und die anderen Kleinwüchsigen, durch die unterirdischen Gänge passenden Waldbewohner, kehrten zurück in die Stinkehöhle, wo der Rest der Widerstandsgruppe „Rote Nelke", die auf Grund ihrer Größe nicht durch die Gänge gekommen wären, bereits wartete. Dixi Dax berichtete über das Treffen auf der anderen Seite der Grenze, erzählte bewundernd von der Größe und Stärke und Schlauheit der dortigen Zuzügler, von Elefanten, Geparden und Nashörnern. Und machte klar, dass sich die Gruppe der Nichtarier um Tschäki Tschak und Simba, den bengalischen Tiger, bereit mache, dem kriegerischen Angriff von Fuxi Fox und seinen Heerscharen Widerstand entgegenzusetzen. Und dass es ihre Aufgabe, die Aufgabe der Untergrundformation „Rote Nelke" sei, den Wehrgeist der Fuxi-Fox-Truppen zu untergraben, die Begeisterung der Krieger zu brechen.

Weil es in dieser Stimmung des radikalen Hasses, des Zornes und der Wut, des totalen Krieges und der Überzeugung vom schnellen Endsieg aber schwer war, mit Friedensparolen Gehör zu finden, weil „die roten Nelken" gar nicht so laut schreien hätten können, als dass sie gehört worden wären, verpuffte jeder Widerstand, bevor er noch begann.

Dazu kam, dass man in der kriegerischen Auseinandersetzung völlig unerfahren war, dass man von einem strategischen Kampf noch nie im Leben gehört hatte, geschweige denn ihn erprobt hätte. Folglich stand man der ganzen Sache relativ hilflos gegenüber. Auf der einen Seite tausende kriegslüsterne Wesen, voller Hass und Zorn, bereit, alles kaputt und klein zu schlagen. Und auf der anderen Seite ein Haufen unerfahrener Wesen, deren Ziel „Peace and Love. Freedom and Existence". Und nichts sonst. Friedensaktivisten, die meinten, mit einem Lied den Lauf der Zeit aufhalten, die Barbarei stoppen zu können.

Des Führers Gefolgschaft war bereit. Die Heerestruppen standen parat. Man war so weit. Die Wehrmänner übten nun nicht mehr nur das stramme Stehen und stechende Marschieren. Das hatte man hinter sich. Das beherrschte man. Jetzt wurde der Umgang mit Speer und Lanze, mit Pfeil und Bogen, mit Peitsche und Schlagstock geübt.

Und der Arbeitsdienst, der verlegte sein Tun von den großen Höhlen, von der Heim- und Handarbeit, von der Waffenproduktion an den Werkbänken, ins Freie. Keulen waren zur Genüge produziert. Jetzt musste alles für den Kampf vorbereitet werden. Jetzt ging es darum, Teile des Waldes zu roden, um Wege zum Krieg freizulegen. „Arbeit macht frei!", ließ der Propagandaminister verkünden. Und spornte an. „Der Osten wird unser!", trommelte das Kriegsministerium. Und heizte ein.

Schneisen wurden ins Holz geschlagen. Büsche wurden gekappt. Bäume wurden gefällt. Unablässig. Immer mehr. Richtung Nachbarland, Richtung Osten, Richtung Ackerland wurden vom Arbeitsdienst breite, saubere Wege geschaffen. Prachtalleen, auf denen das Heer in Achter- und Zwölferreihen ins Feld ziehen, geordnet und stramm in den Kampf marschieren konnte.

Und beinah täglich hielt der Führer eine Ansprache, die über hunderte Lautsprecher in allen Teilen des Waldes zu hören war. Vom großen Sieg war da stets die Rede. Vom Endsieg. Vom Sieg über all die Feinde des Waldes. Und von einer glorreichen Zukunft. Von einem Jahrtausende dauernden Reich der Arier und des Arischen, des sauberen Blutes und der reinen Kultur.

Trotz der schmalen Kost, der eingeschränkten Nahrungsversorgung, trotz des noch immer nicht fließenden Bieres – (der Reichsminister für arische Forschung und heimische Wissenschaft hatte in der Zwischenzeit das Forscherteam im Versuchslabor wegen erfolglosem Tun ins Internierungslager stecken lassen und eine neue Mannschaft mit der Schaffung eines heimischen Gerstensaftes nach strengstem arischem Brauereigesetz beauftragt) – hielt das Volk durch. Der Glaube an den Sieg, die Hoffnung auf ein blühendes tausendjähriges Reich, wie es der Führer Tag für Tag prophezeite, war größer und stärker als Durst und Hunger.

Im April war es so weit. Genau am zwanzigsten, am Geburtstag von Fuxi Fox, begann er, der Angriffskrieg, der als heiliger Verteidigungskrieg zur Abwehr fremder Mächte bezeichnet wurde. Ein heißer Tag war es. Ungewöhnlich für April, hätte man früher gesagt. In der Zwischenzeit hatte man sich an die vierzig Grad im frühen Frühjahr längst gewöhnt.

Weil Fuxi Fox für die Generalmobilmachung, für den Angriff auf das benachbarte Ausland einen Grund brauchte, ließ die GEWAPO, die Geheime Waldpolizei, einen ausländischen Regenwurm, der sich durch das unterirdische Gangsystem der „Roten Nelken“ in das Waldgebiet verirrt hatte, so lange foltern und quälen, bis dieser gestand, dass ein afrikanischer Goldschakal und ein bengalischer Tiger mit ihren Heeren einen Angriff auf den Wald und seinen Führer planen.

„Dieser hinterhältig geplante Anschlag auf unser Reich, auf mich, euren Führer, dieses gemeine, verbrecherische Vorgehen ausländischer Agenten und Verbrecher werden wir nicht hinnehmen!“, hallte es an diesem zwanzigsten April schon in aller Früh durch den Wald. „Ich habe heute, um sechs Uhr morgens, unseren obersten Generälen und Heerführern den Befehl erteilt, unsere Mannschaften Richtung Ostgrenze in Bewegung zu setzen und den Feind so schnell und rasch wie nur möglich zu zerschlagen und zu vernichten!“

Dass er nicht mehr bereit sei, mit diesen Barbaren da drüben weiter friedliche Verhandlungen zu führen, seine Geduld habe nun ein Ende, fuhr Fuxi Fox in seiner mit großem Können vorgetragenen, vom Waldvolk mit Begeisterung aufgenommenen Rede fort. „Ab sofort wird zurückgeschossen!“ Und er steigerte die Begeisterung seiner Leute, in dem er klar machte, dass mit dem Sieg über diese Rabauken weiterer Lebensraum für die arische Rasse geschaffen werde, Siedlungsraum einerseits und fruchtbares Land andererseits. Land, in dem Hopfen und Weizen gedeihen und Bier in Strömen fließen werde.

So sehr Dixi Dax, Uku Lele, Krakra und andere aus der Widerstandsgruppe „Rote Nelke“ versuchten, diesen und jenen aus der Heerestruppe vor den Folgen eines Krieges zu informieren, auch wenn sie mit Bildern des Grauens und des Schreckens das Ergebnis von blutigen Kämpfen schilderten, auch wenn sie den Verlust von Freunden, Bekannten, Verwandten an die Wand malten … nichts half. Man war von den Worten des Führers derart angetan und von einem schnellen Endsieg über die Gottlosen so restlos überzeugt, dass kein noch so negatives Wort von Dixi Dax ihr Hurra und Heil und ihren stechenden Schritt hätte verhindern können.

In der Zwischenzeit bereitete man sich im Ackerland an der Waldgrenze auf den von Dixi Dax und Freunden angekündigten Angriff der arischen Truppen vor. Allerdings nicht, indem man Barrikaden baute, Waffen in Stellung brachte, die Körper stählte und panzerte. Man wählte eine völlig andere Strategie und Taktik. Eine Strategie und Taktik, die den eigenen Fähigkeiten entsprach, die das eigene Potential in den Mittelpunkt rückte. Und genau das Gegenteil von dem darstellte, was Fuxi Fox und seine starken Männer verkörperten.

Schon zu jener Zeit, als Tschäki Tschak und die anderen Nichtarier im Walde noch geduldet waren, bevor sie mit brachialer Gewalt aus diesem getreten wurden, war klar, dass auf Grund der klimatischen Veränderungen, auf Grund von Hitze und Dürre wie von Stürmen und Sturzfluten, Teile der Natur, auch Teile des Waldes, immer mehr zerstört wurden, dass die Fruchtbarkeit des Bodens mehr und mehr versiegte, dass Hunger und Durst des Volkes immer weniger befriedigt werden konnte. Und wie Dixi Dax bei seinen geheimen Besuchen mitteilte, hatte sich die Lage nicht nur nicht gebessert. Nein. Sie soll um einiges schlimmer geworden sein. Die Soldaten hungerten. Ihre Bäuche waren nicht mehr voll zu kriegen. Babys starben an Unterernährung. Alte, Schwache, Kranke gingen an der fehlenden warmen Suppe zu Grunde, die sie so dringend gebraucht hätten. Und es bedurfte all der Redekunst von Fuxi Fox, die Seinen bei Laune zu halten.

Eben dieses Wissen um das „ausgehungert sein" der arischen Truppen nutzten Tschäki Tschak und die seinen. Statt mit Steingeschoßen und Feuerpfeilen, statt mit Säbeln und Stöcken, empfingen sie den Feind mit süßen Früchten, mit köstlichen Säften, mit frischem Gerstensaft. Aber schön der Reihe nach!

Wie schon erwähnt: Tschäki Tschak war ein schlauer Kerl. Einer, mit großem Wissen und viel Geschick. Auch Simba, der bengalische Tiger, war kein Dummer. Und auch all die anderen, ob aus dem Hochland von Abessinien oder der Sahelzone, ob aus der australischen Victoriawüste oder den Salawati-Inseln, ob vom ostpatagonischen Bergland oder von der Halbinsel Yucon … Sie alle brachten das Wissen und Können, das sie von ihren Vätern und Vorvätern gelehrt und vermittelt bekommen hatten, mit in das Land, in das sie vor Hitze und Dürre, vor Sturm und Flut, vor Hunger und Tod geflohen waren. Und hier tauschten sie sich gegenseitig aus. Der eine teilte dem anderen seine Erfahrungen mit, der eine unterstützte den anderen mit seinen Fähigkeiten und Fertigkeiten. Man half einander, teilte sein Wissen, bereicherte sich gegenseitig. Der eine wusste dies, der andere wusste das. Der eine kannte das Geheimnis, der andere ein anderes. Gegenseitig war das viel, sehr viel. Ein unschätzbarer, wertvoller Reichtum, der letztendlich ihnen allen wieder zugute kam.

Während man auf der einen Seite der Grenze, im Walde, unter dem Kommando des Führers und seiner Obersten Heeresleitung, alle Aufmerksamkeit dem Kampfe widmete, die ganze Kraft in die Erhaltung des Arischen und die Beseitigung des Nichtarischen investierte, alles dem Krieg und dem Endsieg unterordnete, war man auf der anderen Seite der Grenze, im einst unfruchtbaren Ackerland, darum bemüht, das Ackerland, trotz veränderter Umweltbedingungen, wieder fruchtbar zu machen, der Natur wieder auf die Beine zu helfen, das alte Wissen, die überlieferten Fertigkeiten zu nutzen, um das Überleben zu sichern.

Manche der Flüchtlinge, die da kamen, brachten nicht nur ihr Wissen ins Land. Der eine und andere hatte auch noch letzte Krumen in seinen Taschen. Getrocknete Kräuter, getrocknete Früchte, ein paar Samen, die er auf seinen langen Weg mitgenommen hatte. So brachte Alce Lapino, ein großgewachsenes Streifengnu aus Tansanien, in seiner dicken Mähne

Samen des Baobab, des afrikanischen Affenbrotbaumes, mit. Weil dieser Baum sehr genügsam und wenig Wasser nur braucht, schaffte er es, im ausgedorrten Boden des Ackerlandes Wurzeln zu schlagen und zu wachsen und gedeihen. Nicht nur, dass dieser Baum sehr genügsam ist, er hat auch die Fähigkeit, Wasser zu speichern. Das Gnu zeigte, wie der Baum angezapft werden musste, um an Wasser zu gelangen, ohne dass dieser verletzt wurde. Und es zeigte, wie man vorsichtig die Rinde aufbricht, um an die feuchten Fasern im Inneren zu gelangen, die als Durstlöscher gekaut werden konnten. Die Blätter des Baumes konnten wie Gemüse genutzt werden. Als Spinat wie als Suppe. Das Fruchtfleisch konnte frisch gegessen oder getrocknet werden. Und die Samen konnten gemahlen oder zu Öl gepresst werden. Schlussendlich konnten die Früchte sogar zu einem bierartigen Getränk vergoren werden.

Der tasmanische Wombat brachte auf ähnliche Weise die australische Wüstenlimette ins Ackerland, eine Pflanze, die monatelang ohne Regen überleben kann, deshalb auch recht gut gedieh und köstliche Früchte für Säfte und Marmeladen lieferte. Der Kabomani-Tapir brachte aus Brasilien den Maracujastrauch, der Karibik-Karakara aus Kuba die Stachelannone, der Brüllaffe aus Costa Rica brachte eine getrocknete Papayafrucht mit. Und Tamarau, der philippinische Wildbüffel, der hat mit seinen Ausscheidungen Kerne verloren und gesetzt, aus denen schließlich Mangobäume wuchsen.

Weil der afrikanische Goldschakal, der bengalische Tiger, das Steppenzebra aus der Serengeti, des mauretanische Warzenschwein, das australische Buschkänguru, die Rotstirngazelle aus der Sahelzone … weil sie alle schon immer unter harten Bedingungen zu leben hatten und sich immer wieder Gedanken um das Morgen und Übermorgen machen mussten, die Nutzung des Kopfes und der Gehirnwindungen für sie also Tag für Tag etwas ganz Selbstverständliches war, waren sie wohl auch etwas flotter im Entwickeln kreativer Ideen als all die Arier, die wesentlich träger im Denken waren, bisher nie um ihr Dasein kämpfen, nie ums Überleben fürchten mussten. Für sie wurde in der Regel gedacht. Von Führern und Anführern, von Häuptlingen und Hauptmännern. Die legten zurecht, wie es laufen sollte, die bestimmten, was zu passieren hatte, die machten klar, welcher Weg zu gehen war. Sie, die braven Arier, sie folgten.

So entwickelten denn Tschäki Tschak, Simba, Huru Hüpf, Mauritia, Eudorika, Anthrophil und wie sie sonst noch alle hießen – ihr Wissen und Können nutzend, zusammenhaltend, sich gegenseitig unterstützend – Methoden, wie ein Leben im unfruchtbar gewordenen Wiesen- und Ackerland, aus dem selbst Pferd und Kuh, Esel, Schaf und Ziege, Schwein und Huhn in den Wald geflüchtet waren, und in das die Nichtarier von Fuxi Fox und den Seinen verstoßen und getreten wurden, möglich wurde.

Man dachte über die Gewinnung von Wasser nach, fragte sich, wie der Boden fruchtbar gemacht werden könnte, nützte die Flut, um Wasserreserven anzulegen, schuf mit abgestorbenen Ästen und verdorrten Sträuchern Schattenspender, die das Austrocknen des Bodens verzögerten, hegte die Erde, damit sie wieder durchlässig wurde. Die ehemaligen Wüstenbewohner brachten ihre Erfahrungen mit Dürre und Trockenheit ein. Die von den Fluten am Ganges-Delta immer wieder Betroffenen ihr Wissen um den Umgang mit der Flut. Der eine wusste in diesem Bereich Bescheid, konnte da seine Erfahrungen einbringen. Der andere dort.

So riet der indische Muntjakhirsch zum Anbau der Sojabohne, die in den trockenen Gegenden seines Landes einst prächtig gedieh, weil die geringe Ansprüche an den Boden stelle und mit wenig Wasser auskommen würde. Und El Verde, ein aus dem verödeten Reich der Azteken geflüchteter Leguan, empfahl den Anbau des Feigenkaktus, weil der mit den herrschenden Klimabedingungen garantiert bestens zurechtkomme. Er, der Feigenkaktus, vertrage eine extreme Sonneneinstrahlung, halte eine lange Dürre- und Hitzeperiode problemlos aus und überlebe auch in einem nährstoffarmen Boden. Und die Kaktusfeige sei eine süße und saftige Frucht, die köstlich schmecke und aus der man – wenn man wolle – ein scharfes Wässerchen brennen könne.

So entstand, trotz der allgemein zunehmenden Hitze, trotz der langen Dürreperioden und trotz der zwischenzeitlich immer wieder hereinbrechenden Stürme und Sturzfluten, im Ackerland vor den Toren des Waldes allmählich neues Leben. Dank des Wissens und des Könnens der Zuzügler aus aller Herren Länder, Dank ihres Zusammenhaltes und gemeinsamen Tuns, begann es bald da wie dort zu blühen, keimte hier ein Pflänzchen aus der Erde, wuchs da eine Frucht, gedieh dort eine Ähre. Und wurde mehr und mehr. Und geschickte, fleißige Hände vermehrten all das nicht nur. Sie verarbeiteten das Gewachsene, Gereifte zu Sachen, die nicht nur das Überleben sicherten, sondern durchaus auch da und dort mal Momente des Genusses und des Genießens erlaubten.

Und eben das, all das was man hatte, bereitete man nun für den Feind her, tischte man nun dem Gegner auf. Da wurde gepflückt und gesammelt, was man an süßen Früchten nur finden konnte. Da wurden Leckerbissen aus den Vorratskammern, wurde Eingelegtes, Eingemachtes, Eingekochtes aus den Gläsern geholt. Gekochtes, Gesurtes und Gesalzenes wurde aufgetragen. Töpfe voller Mus und Brei wurden bereit gestellt.

Tschäki Tschak, der afrikanische Goldschakal, bereitete Foufou, einen Brei aus Maniok, Yams und Kochbananen vor. Der nubische Steinbock aus Ägypten kochte eine Mujaddara, ein traditionelles Linsengericht aus seiner Heimat mit Reis und Bulgur. Das

Ganze reichlich gewürzt. Und Karakal, der Wüstenluchs aus Pakistan, machte Samosas, mit Gemüsecurry gefüllte Teigtaschen.

Couscous wurde gekocht, Humuspasta gerührt, Kichererbsenaufläufe zubereitet. Eine mexikanische Salsa Roja wurde ebenso gemixt wie ein indisches Chutney. Es duftete! Köstliche Gerüche wehten über das Land, erfüllten die Wiesen. Oregano, Majoran, Rosmarin. Perilla, Ajowan, Wasabi. Einfach verführerisch. Der Feind konnte kommen. Es war angerichtet.

Und sie waren unterwegs, die Truppen von Fuxi Fox. Und wie. Im Stechschritt marschierten sie in Achterreihen die vom Arbeitsdienst in den Wald geschlagenen Schneisen entlang Richtung Ostgrenze. „Die Fahne hoch. Die Reihen dicht geschlossen", brüllten sie sich gegenseitig Mut zu und stiefelten dem Kampfe entgegen. Am Abend würden sie wieder Zuhause sein und den Sieg feiern, hat ihnen der Führer eingeredet. In einem schnellen Gefecht würden sie die minderwertigen Kreaturen jenseits der Grenze, diese heimtückischen Gesellen in Windeseile vernichten. „Heute gehört uns der Wald. Morgen gehört uns die Welt", hat er seine Truppen angespornt und sie beschworen, das Feuer der Begeisterung niemals erlöschen zu lassen. „Unsere Ehre heißt Treue. Und unser Feind steht da drüben!" Und er schickte sie los, die Seinen.

Sie staunten nicht schlecht, die Sturmscharen und

Heerestruppen, die da die Grenze vom Wald ins Nachbarland – der Schutzzaun wurde von den Pionieren des Arbeitsdienstes in einer Breite von zwanzig Meter niedergerissen, um einen geordneten und würdigen Einzug der arischen Krieger ins Feindesland zu sichern – überschritten. Da war kein Nichtarier anzutreffen. Kein afrikanischer Goldschakal, kein bengalischer Tiger, kein mauretanisches Warzenschein, kein asiatischer Wasserbüffel, kein Zebra aus der Serengeti, kein Yak, keine Rotstirngazelle, kein Helmkasur … Nichts. Weit und breit nichts. Nicht einmal die namibischen Erdmännchen, an sich ja unglaublich neugierig und stets den Kopf vor die Tür steckend, waren zu sehen.

Dafür aber erfüllten unglaubliche Düfte die Luft. Die Düfte von Essen. Da roch es nach Gebratenem und Gesurtem. Der Geruch von gedünstetem Paprika, von geschmorten Tomaten drang in die Nasen. Nach Anis und Zimt roch es. Zahlreiche Schüsseln standen da, aus denen es dampfte. In Pfannen und Töpfen brutzelte es. Dämpfe stiegen hoch und verbreiteten zauberhafte, den arischen Kriegern vielfach nicht bekannte Aromen. Das Wasser lief Mardern, Iltissen und Ratten im Munde zusammen. Im Schlaraffenland schienen sie angekommen zu sein.

Und dann auch noch das: an vorderster Front waren Getränke aufbereitet. Viele, viele Getränke. In Reih und Glied. Dixi Dax und seine Leute von der „Roten Nelke“ hatten oft genug erzählt, wie ausgehungert, vor allem aber wie ausgetrocknet die arische Rasse. Wie ausgedorrt ihre Kehlen. Man wusste um den Durst der Krieger. Vor allem um ihre Sehnsucht nach Bier.

Und da standen sie nun. Flaschen, Krüge, Gläser mit bunten Säften. Mit Säften in allen Farben. Weil man wusste, dass die Gäste aus dem Walde, die arischen Krieger, durstig waren, sehr durstig, wollte man sie entsprechend willkommen heißen. Mit Süffigem, Trinkbarem, mit lang, lang Entbehrtem. Mit Getränken, die sie zum Jauchzen und Frohlocken bringen sollten. Und ihnen die Lust auf das Kriegsführen, die Freude am Kampf schnell mal vergessen lassen sollten. Mit Getränken, die sie in himmlische Räusche versetzen und in traumhafte Zustände versinken lassen sollten.

Deshalb standen auch da keine reinen Fruchtsäfte. Kein Apfelsaft. Kein Birnensaft. Kein Traubensaft. Kein Himbeersaft. Keine Säfte, die allein gegen den Durst dienten. Nein. Es waren Säfte, die auch die Stimmung hoben, die Lebensfreude weckten. So war es vielmehr Gegärtes und Vergorenes, Gebrautes und Gebranntes, das da auf die Krieger wartete.

Heraklit, ein Gecko, ein aus der südlichen Ägäis geflohenes kluges Bürschlein, presste die Savantianotraube – ein Traube, die wenig Wasser brauchte und so im neuen Land trotz der Trockenheit bestens gedieh – in die getrocknete Blase eines toten Tieres. Am liebsten verwendete er dafür die Blasen von verendeten türkischen Wildeseln. Diese Blasen dichtete er mit dem Harz von den Kieferbäumen ab. So entstand ein feiner Tropfen mit einer ganz besonderen Note. „Recina" nannte er das Gebräu. Nach seiner dicken Tante.

Guck Mal, die Brilleneidechse aus Madeira, ließ ihre Trauben lange, sehr lange in der größten Hitze gären. Und reicherte diesen Wein dann auch noch mit dem Hochgeistigen aus der zuvor gebrannten Maische an. Ein Gläschen von diesem köstlichen Madeira und man hörte die Glocken im Himmel schlagen.

Osiris, das armenische Mufflon, rund um den Berg Karabach aufgewachsen und vor drei Jahren mit der Schwester aus der Heimat geflohen, erzählte voller Stolz, dass bei ihnen Zuhause schon vor achttausend Jahren Wein gemacht wurde. Er könne sich an diese Zeit zwar nicht mehr erinnern. Aber er kenne eine alte Sorte, die hier bestens wachsen und aus der er ein edles Getränk zaubern werde.

Auch blaue Rebsorten versuchte man anzubauen und Rotwein zu machen. Ein Flüchtling aus Algerien experimentierte sogar an einem Rose. Und das aus Südafrika geflohenes Impala-Brüderpaar setzte sich in den Kopf, einen besseren Perlwein zu produzieren als diese Franzosen.

Aber nicht nur Weine – weiß und rot und rose und prickelnd – warteten da auf die Ankömmlinge. Auch Getränke in Gelb und Grün und Blau und Hellbraun und Dunkelbraun und Violett standen bereit.

Die sizilianische Mauereidechse hat aus einem zerstampften Pfirsich, dem er den perlenden Wein der Impala-Brüder beifügte, ein Getränk hergestellt, das er – nach seinem Onkel – Bellini nannte und das in Gläsern abgefüllt köstlich aussah und verführerisch duftete.

Capy-Bara, das brasilianische Wasserschwein, hatte mit seiner Flucht Samen vom Zuckerrohr mitgebracht, das für sein Gedeih Temperaturen von dreißig Grad und mehr braucht und deshalb in der Hitze des verödeten Ackerlandes bestens gedeihen konnte. Aus dem Saft des Zuckerrohrs braute Capy-Bara ein hochgeistiges Getränkt, das er Rum nannte. Und zwar deshalb, weil man nach wenigen Gläsern ganz schön rum wankte und torkelte. Aus seinem Rum machte Capy-Bara für den Empfang der arischen Krieger köstliche Mischgetränke wie den Barracuda, den er mit Ananassaft und Zitrone verfeinerte, oder den Pina Colada, den er mit Kokosnusscreme aufpäppelte.

Beppo, ein Ozelot aus Mexiko, kochte den Kern seiner Agaven in einer Erdgrube zu einem dicken Brei und brannte daraus ein Destillat, das er – nach der Stadt, aus der er kam – Tequila nannte. Mit Zucker, Zitronensaft und Orangenlikör machte er daraus eine Margarita, eine zauberhafte, trinkbare Blume, von der man nicht genug kriegen konnte. Die man dann – im Nachhinein – aber auch ordentlich zu spüren bekam.

Weil Dixi Dax und die seinen von den „Roten Nelken" immer wieder betonten, dass die Schutztruppen und Sturmmänner nichts mehr vermissen würden, als das bis vor einiger Zeit noch selbstverständliche, stets greifbare Bier, wurde von Taschäki Tschak besonders großer Wert darauf gelegt, dass eben davon genug und in reichem Maße vorhanden war.

Hippokrates, das aus Burkina Faso stammende Flusspferd, braute aus Sorghumhirse, den hitzeliebenden Süßgräsern, deren Samen er mit seinen Ausscheidungen mitbrachte, ein Bier, das er Dolo nannte. Drei Tage lang hat er seinen Hirsebrei aufgekocht. Jetzt hatte er die richtige Süße und die vollkommene Reife.

Alce Lapino, das Streifengnu aus Tansanien, das den widerstandsfähigen Affenbrotbaum ins Land brachte, braute aus den Früchten seiner Bäume jenes bierartige Getränk, das herb und voll schmeckte und ganz schön viel Alkohol in sich hatte.

Colobin und Colobus, zwei schwarz-weiße Stummelaffen aus Ruanda, machten, nach einem Rezept aus ihrer Heimat, ein Bier aus Bananen. Große Früchte mit dicken Schalen wurden in Holztrögen mit den Füßen zerstampft und mit etwas Wasser vermischt. Nach zwei Tagen Gärzeit war das Getränk fertig. Auch aus den Früchten des peruanischen Pfefferbaumes wurde ein Bier gebraut. Und aus verschiedenen Fuchsschwanzgewächsen und Sauerkleegewächsen und Schmetterlingsblütlern.

Karakal, der irakische Wüstenluchs, erzählte, dass sie damals, als Kinder, zwischen Euphrat und Tigris, wildwachsende Süßgräser sammeln mussten, was immer sie finden konnten. Dass daraus die Mütter einen Brei pressten, der nach ein paar Tagen zu gären begonnen habe und einen urinfarbenen Saft bildete, den die Männer dann tranken. Genau so wolle er es auch machen. Und er schickte all die kleinen eingewanderten bzw. eingeflogenen Federfreunde, die Kakadus und Tukane, die Aras und Racken, die Sittiche, Kolibris und Trogone los, solche Süßgräser zu sammeln. Wildwachsende Hirse, Emmer, Einkorn. Und weil da einiges zusammen kam, entstand auch einiges an Saft, der nun auf die durstigen Krieger wartete.

Auch aus Weizen und Gerste und Hafer, deren Anbau im Ackerland wieder gelang, wurde Bier gebraut. „Wir können gar nicht genug davon haben!", spornte Tschäki Tschak seine Helfer an. „Die Burschen müssen trinken, viel trinken!"

So wurde dunkles Bier und helles Bier gebraut, klares und trübes Bier, süßes und herbes Bier. Da wurde Weizen-, Dinkel-, Hopfen- und Roggenbier erzeugt. Weißbier und Schwarzbier. Malzbier, Bockbier und Märzen. Über- und Untergäriges. In Bottichen und Krügen stand es bereit. Liter um Liter um Liter. Unglaubliche Mengen. Die nur noch darauf warteten, von durstigen Kehlen verschlungen zu werden.

Die durstigen Kehlen, die da kamen, waren

verwirrt, sprachlos, fix und fertig. Da drangen sie in das fremde Land ein, dem der Führer lauthals den Krieg erklärt hatte … und dann gibt es da nicht den geringsten Widerstand. Nicht ein Wilder, nicht ein Gottloser, nicht einer dieser minderwertigen Kreaturen zeigte sich. Nichts. Dafür standen da überall Töpfe und Pfannen und Schüsseln, angefüllt mit den feinsten Leckerbissen. Nicht ein Feind war zu sehen. Dafür aber tausend Köstlichkeiten. Es dampfte und brutzelte. Und ein Duft wie in der feinstem Fünf-Sterne-Küche lag in der Luft, stieg in die Nasen der Krieger.

Und dann waren da auch noch all die Gläser und Flaschen mit bunten Getränken. Rotwein, Weißwein, Rosewein, Perlwein stand da auf den Etiketten geschrieben. Und Rum und Gin und Wodka, Metaxa, Tequila und Ouzo.

Und Bottiche und Krüge voller Bier gab es. Bier, auf das sie, die Krieger, lange, lange Zeit verzichten mussten, das es im Walde seit ewigen Zeiten nicht mehr gab.

Wie gesagt: sie waren verwirrt, die Krieger. Was auch? Wie auch? Mit solch einer Situation hat niemand gerechnet. Bei keiner der vielen Übungen wurde das erprobt. Oder auch nur besprochen. Da marschierten sie im Stechschritt ein, sangen laut ihre Lieder, hielten die Stöcke hoch und wollten – unter Einsatz ihres Lebens – zuschlagen. Und dann gibt's da keinen, auf den man einschlagen könnte, keinen, der sich dem

Kampfe stellt. Da gibt es nur feinstes, köstlich duftendes Essen und köstliche, wunderbare Getränke.

Es dauerte, bis die Krieger die Situation überrissen und verdauten. Obwohl es jeden dürstete, vom langen Marsch im stechenden Gleichschritt noch mehr als je zuvor, wagte vorerst niemand, eine Flasche zu öffnen, einen Krug vom Bier zu holen, einen Schluck von den fremden Getränken zu sich zu nehmen. Sprachlos, wie versteinert, stand man da, staunte ob der Fülle, die sich da bot, wagte aber nicht, zuzugreifen. Erst als Rudi Langschwanz, einer der frechsten und vorlautesten aus der Schar der Ratten, nach einiger Zeit laut auflachte, ausrief „na, wenn das kein würdiger Empfang ist!", zu einem der Bierbottiche ging, mit der hölzernen Schöpfkelle zugriff und sich einen kräftigen, wirklich kräftigen Schluck erlaubte, während dem alle anderen mit offenem Munde und stets noch trockener werdender Kehle dastanden, und erst nachdem er mit seiner Trinkerei fürs Erste mal absetzte und einen kräftigen Rülpser von sich gab, löste sich die allgemeine Verwirrung, die ungläubige Starre, begann man zu lächeln und zu lachen und nach und nach kamen immer mehr Krieger zu den Getränken und bedienten sich.

Vor allem rund um das Bier gab es bald ein wildes Gewusel. Nach der langen Zeit der Entbehrung gab sich natürlich niemand mit einem einzigen Schlucke zufrieden. Fürs Erste schüttete man vom Erstbesten rein, so viel man konnte, um den eigentlichen Durst zu löschen. Dann trank man von diesem und trank von jenem Bier, kostete sich durch all die Sorten, die man bisher noch nicht kannte und die köstlich schmeckten. Und weil man vom langen Marsch sehr durstig und ziemlich ausgetrocknet war, trank man mehr und mehr.

Bald wagte man sich auch an die Speisen heran. Auch hier: weil man Zuhause, im Wald, seit langem wenig nur zu kauen hatte, weil rundum Verzicht und Sparsamkeit angesagt war, griff man zu. Ordentlich. Es schmeckte. Köstlich. So köstlich, dass manchem bald schlecht war. Deshalb auch gönnte man sich etwas zur Verdauung. Einen Ouzo, einen Wodka, einen Metaxa. Oder auch einen zweiten, einen dritten. Um dann mit Humus und Samosas und Bulgur und Couscous weiterzumachen. Und zwischendurch weitere Biere zu kosten und zu testen.

Und weil zu den süßen Speisen – zu Baklava, den arabischen Fladen, dem indischen Laddu, den afrikanischen Teigbällchen – am besten natürlich ein Gläschen Madeira passte, oder ein Cuba Libre, ein Mojito oder Maracuja, griffen die Krieger auch in diesem Sortiment kräftig zu.

So war es denn auch kein Wunder, dass man – weil viele der Waldbewohner nach der langen Zeit der Entbehrung und des erzwungenen Fastens, so viel an Speis und Trank nicht mehr gewohnt waren – da wie dort Krieger vornübergebeut stehen sah und unüberhörbar, mit lauten, nicht sehr angenehm klingenden Geräuschen, sich bemühten, Darm und Magen zu erleichtern, beides, Magen wie Darm, ein klein wenig von dem Zuviel an Inhalt zu befreien.

Nach kaum zwei Stunden war der Zauber vorbei. Hatte man zuvor noch gezögert und gezaudert, war man vorerst ob der Überraschung, die sich bot, in eine Starre verfallen, so ging es dann, nachdem man sich ans erste Bier herangewagt hatte, umso schneller. In Rekordgeschwindigkeit wurde Bier um Bier, Schnaps um Schnaps getrunken. So kam es, wie es kommen musste. Und wie von Tschäki Tschak und den Seinen geplant. Keiner der Krieger konnte mehr stehen, sich auf den Beinen halten. Ein lautes Schnarchen lag über dem Feld, über dem zuvor noch das Brutzeln und Brodeln aus den Töpfen und Pfannen zu hören war. Mit offenen Mäulern lagen die stolzen Krieger des Waldes, die arischen Heerscharen, da. Und rülpsten und furzten. Und gar viele lagen in ihrem eigenen Erbrochenen. Und im eigenen Kot.

So war es denn ein Leichtes für Tschäki Tschak und die Seinen, nachdem sie sich – als das laute „Prost!" und „Super!" und „Toll" weniger wurde und die Schmatzgeräusche und Saufgesänge allmählich ausklangen, es still wurde und nur noch das Schnarchen und Furzen und Rülpsen zu hören war – aus ihrer Deckung in sicherer Entfernung wagten, die schwer besoffenen, in tiefem Rausche weilenden Krieger,

Bein an Bein, Huf an Huf, Schwanz an Schwanz, Pfote an Pfote zusammenzubinden, sodass sich der kriegerische Haufen nicht mehr bewegen konnte. „Feste zuknöpfen, so fest ihr könnt!", gab Simba, der bengalische Tiger seine Anweisungen. „Und keinen übersehen!", fügte Tschäki Tschak hinzu und rief zur Beeilung auf. Es werde nicht mehr lange dauern und Fuxi Fox und sein Führungsstab werde auftauchen.

Genau so kam es auch. Weil – wie in allen Kriegen – die Heerführer und Führungskräfte zuerst das gemeine Volk vorschicken, die einfachen Soldaten lostreiben, die Drecksarbeit zu erledigen, ehe sie selbst nachstoßen, um den großen Sieg einzufahren und sich feiern zu lassen, dauerte es bis in die späteren Nachmittagsstunden, ehe Fuxi Fox, der oberste Befehlshaber, der größte Feldherr aller Zeiten, mit seinen Stellvertretern und deren Adjutanten im Ackerland eintraf.

Vor ihm, vor Fuxi Fox und den Seinen marschierte der Arbeitsdienst, der dafür sorgte, dass der Weg des siegreichen Feldherrn von keinem querliegenden Ast, keinem spitzen Stein behindert sei. Vor allem hatte er, der Arbeitsdienst, dafür zu sorgen, dass kein Dreck, kein Mist, kein Unrat, das extra für die Siegesfeier geschneiderte Gewand und die dunkel glänzenden Stiefel beschmutzen konnte. Mit Reisigbüschen fegten die Kinder, Frauen und Alten und die Nichtkriegstauglichen (oder Kriegsunwilligen wie Dixi Dax, Uku Lele oder Krakra). Und in entsprechendem Abstand schritt der Führer mit erhobenem Haupte, im Siegergewande und mit frisch polierten Lederstiefeln Richtung Schlachtfeld, den Jubel seiner Krieger und das Flehen der vernichteten Feinde um Gnade erwartend.

Doch nichts da! Da sah er keine jubelnden Krieger. Da sah er keine Ratten, Marder und Iltisse im Siegestaumel. Da gab es keine Soldaten, welche die Fanfaren bliesen und ihm die Botschaft von der völligen Vernichtung des Feindes übermittelten. Da sah er im Dreck liegende, schnarchende, forzende, rülpsende Kreaturen, die nicht den geringsten Anschein eines Ariers erweckten, die nichts mit den edlen, reinen Wesen zu tun hatten, mit denen er die Welt regieren wollte.

Etwas geschah, was selten zuvor nur geschah: Es verschlug Fuxi Fox den Atem. Und damit die Sprache. Der so Redegewandte, der im ganzen Walde ob seiner Worte und Sätze so geschätzte Führer, stand nur noch sprachlos da und wusste nicht, wie ihm geschah. Es dauerte. Als er beim zweiten Mal hinsehen merkte, dass mit seinen Kriegern nicht zu rechnen war, dass diese kampfunfähig, dass sie schwer besoffen im Dreck lagen und sich nicht mehr rühren konnten (nicht nur wegen des vielen Alkohols, auch weil sie gefesselt und geknebelt waren), und als er dann auch noch sah, dass ihm gegenüber eine breite Front an nichtarischen Schmarotzern und Parasiten sich aufbaute, die lächelten und sich über ihn offenbar lustig machten (in vorderster Reihe sein ärgster Feind, der Goldschakal Tschäki Tschak, einer der ersten Ausländer im Walde, der ihm die Freundschaft mit Dixi Dax versaute), ging seine Sprachlosigkeit in Wut und Zorn über. Wie ein tollwütiger Fuchs, gerade dass er keinen Speichel vor dem Maul hatte, schrie er den Gehilfen vom Arbeitsdienst zu: „Angriff!" Weil sich diese nicht rührten, weil sie nicht wussten, wie ihnen geschah, weil sie – Kinder, Frauen, Greise, Kriegsuntaugliche und Kriegsverweigerer – noch nie einen Prügel in der Hand hatten und noch nie einem Feinde gegenüberstanden, noch nie den Kampf geübt oder erprobt hatten, schrie er nochmals. Schriller, greller, verzweifelter … gar nicht wie der ansonsten so souveräne Fuxi Fox. Wieder rührte sich nichts. Auch weil aus der Gruppe der Nichtarier, der fremden Barbaren, der Zigeuner und Schmarotzer, der bengalische Tiger hervortrat, eine Pfote in die Höhe streckte, mit gespreiztem Zeige- und Mittelfinger den Friedensgruß gegen Himmel schickte und mit sonorer Stimme zu sprechen begann: „Freunde! Kollegen! Genossen! Wir heißen euch in diesem Lande, das uns vor einiger Zeit noch fremd war, nun aber zu unserer neuen Heimat geworden ist, herzlich willkommen. Wir haben zu Essen und zu Trinken vorbereitet. Bedient euch und lasst uns über den Frieden reden!"

Fuxi Fox blickte sich nach seiner Obersten Heeresleitung um, nach seinen Stellvertretern, nach dem Schutzstaffelführer, nach dem Kommandanten der

Sturmabteilung … aber die hielten sich ganz schön geduckt und kleinlaut, ob der Übermacht auf der anderen Seite. Nicht nur der bengalische Tiger stand da. Auch andere, große, mächtige, ausländische Exoten. Elefanten und Nashörner, Büffel und Riesenechsen. Gegner, mit denen man sich – ohne riesiges Heer an seiner Seite – besser nicht anlegte.

In der Zwischenzeit waren aus der Gruppe des Arbeitsdienstes Dixi Dax, Uku Lele und Krakra zu Simba, dem bengalischen Tiger, nach vorne getreten. Dixi Dax bedankte sich bei Simba für die Einladung zu Speis und Trank. Dass das ja köstlich aussehe und herrlich dufte, meinte er. Und auch Uku Lele bedankte sich und sagte, dass nach so langer Zeit der Entbehrung, nach der Nahrungsmittelknappheit im Walde, sie natürlich für jeden Bissen dankbar seien.

„Wir könnten viel, wenn wie zusammenstünden!“ Das habe mal ein großer Dichter und Denker gesagt, begann Krakra, lobte die internationale Solidarität, die mit dieser Einladung zum Essen zum Ausdruck gebracht werde und meinte zu der Schar der Arbeitsdienstler, auf die Töpfe und Schüssel weisend: „Dann wollen wir mal! Lasst uns zugreifen!“

„Von den Getränken aber nicht zu viel!“, trat nun auch Tschäki Tschak nach vor, der weise Lehrer, der einst den Waldbewohnern fremde Sprachen lehrte, über fremde Länder informierte, den damals alle (fast alle) gern hatten, gegen dessen Vertreibung sie aber nichts unternommen hatten. „Nicht zu viel an Alkohol, damit es euch nicht auch so geht wie euren Kriegern, die sich vor lauter Gier in die Bewusstlosigkeit gesoffen haben. Da hinten gibt es auch reine Säfte, unvergoren, und nicht dumm und blöd und irre machend." Er klatschte fest seine Pranken zusammen und meinte „Los! Bedient euch!"

Wohl gab es noch ein paar aus der Arbeitsdienstgruppe – einige der Älteren waren es, die über viele Jahre mit Zucht und Ordnung großgezogen wurden und denen Autorität noch etwas bedeutete – die ängstlich Richtung Fuxi Fox schauten und abwarten wollten, was er, ihr Führer, wohl sagt, aber der Großteil ging, angeführt von Dixi Dax, Uku Lele und Krakra, zu den Töpfen und Pfannen und Schüssel und Tellern und bediente sich an den köstlichen Gerichten.

Weil Dixi Dax, Uku Lele, und Krakra immer wieder „langsam, langsam!" mahnten und „nicht so gierig!" und zum bewussten Genießen aufforderten und weil mehr Apfelsaft, Birnensaft, Traubensaft getrunken wurde denn Schnaps und Wein, weil man zwar da und dort auch ein Bierchen zu sich nahm, aber eben eines und das mit Maß und Ziel, blieb nicht nur alles friedlich und ruhig. Es gab auch keine durch die Gegend torkelnden und in die Büsche kotzenden Arier, wie noch vor zwei Stunden, sondern gesittete Individuen, welche die Gastfreundschaft zu schätzen wussten.

Während die Mitglieder des Arbeitsdienstes – nach der langen Zeit der Entbehrung und des Hungers – sich an den köstlichen Gerichten aus allen Teilen der Welt erfreuten und diese mit Begeisterung genossen, begannen Tschäki Tschak, der afrikanische Goldschakal, Simba, der bengalische Tiger, der asiatische Wasserbüffel, das Steppenzebra aus der Serengeti und Eudorika, die Rotstirngazelle aus der Sahelzone, mit ihren Verhandlungen mit Fuxi Fox und seiner Heeresführung. Elefant und Nashorn, Giraffe und Krokodil, Nilpferd und Warzenschwein standen als Friedenswache bereit. Gelassen standen sie da. Ruhe und Sicherheit bietend.

Ob er weiter den Kampf wolle, fragte Tschäki Tschak. Er stand Fuxi Fox Kopf an Kopf gegenüber, blickte ihm in die Augen. Nicht aggressiv oder böse oder voller Hass. Eher eine Lösung bietend, ein Angebot machend, kam die Frage.

In seinem neuen Anzug, mit seinen frisch polierten Stiefeln, den Schnurbart für die Siegesfeier extra sauber gestutzt und den Scheitel streng und exakt gezogen (wie er es von seinen Vorfahren überliefert bekam), wirkte Fuxi Fox nun – nach dem ersten Schreck, seinem Wut- und Zornesausbruch – nun relativ ruhig, gelassen. Aber er sagte nichts. Stand nur da. In voller Größe. Durch seinen nach hinten geworfenen Kopf, seine rausgestreckte Brust und seine in die Hüfte gestützte Hand, versuchte er sich – vergeblich – größer zu machen, als er tatsächlich war.

Statt Fuxi Fox meldete sich Rata Tutu, die dicke Bisamratte, die Stellvertreterin von Fuxi Fox zu Worte. „Ich protestiere auf das Heftigste!", legte sie los. Die Verführung von Kriegsteilnehmern zu übermäßigem Alkoholgenuss sein ein Verbrechen gegen das Allgemeine Recht auf Selbstbestimmung. Und damit ein Kriegsverbrechen. Deshalb müsse der Sieg sofort und unwiderruflich dem großen Führer Fuxi Fox, dem größten Feldherren aller Zeiten zugesprochen werden.

Joseph, der kleine hinkende Rehbock, der zweite Stellvertreter von Fuxi Fox, platzte ob dieses Wortschwalles seiner Kollegin vor Lachen laut heraus und er konnte nur mit Mühe, in dem er sich beide Vorderpfoten aufs Maul presste, dieses Lachen unterdrücken. Fuxi Fox strafte beide – die Bisamratte ob ihres unwürdigen Rettungsversuches und Joseph, den hinkenden Rehbock, ob seines kindisch-dummen Gehabes – mit einem kurzen strengen Blick, ging darauf aber wieder in seine Haltung und schwieg.

In der Zwischenzeit waren Dixi Dax, Uku Lele, Krakra und weitere Vertreter der Widerstandsgruppe „Rote Nelke", die zuvor die Jugendlichen, Frauen und Alten des Arbeitsdienstes betreuten, zu den Pfannen, Töpfen und Schüsseln führten, sie zum Essen animierten, ihnen Sicherheit im fremden Land vermitteln, sie zu Ruhe und Erholung ermuntern wollten, zu den

Verhandlungen mit Fuxi Fux und den Seinen gestoßen. Und auch ehemalige Mitglieder der „Roten Nelken", die einst mit Gewalt aus dem Reich des Waldes
vertrieben wurden, wie der albanische Gebirgsbock
Hot Schar, Ernesto, der bunte Cardinalvogel aus Ni-
caragua oder Hotschi Minn, das Java-Nashorn aus Vi-
etnam, gesellten sich zur Gruppe.

Gemeinsam fragte man sich, wie es weitergehen
könnte, was mit Fuxi Fox und seiner Heeresführung,
was mit den Kriegsgefangenen, was mit den Waldbewohnern geschehen sollte. Fadoline, die portugiesische Rieseneidechse, faselte lang und breit von der
Nelkenrevolution damals in ihrer Heimat und riet zur
Umerziehung der Feinde zu friedlichen Volksgenossen. Der kubanische Tocorora erzählte, wie er und
seine beiden Freunde, Che und Fidel, das damals am
Fuße des Pico Turquino angingen und sprach sich für
ein öffentliches Volksgerichtsverfahren gegen alle
Feinde der Revolution aus. Nicht ganz so friedlich
wollte Tschi Putti, die Steppenantilope aus Französisch-Somaliland, die Sache angehen. Sie forderte die
radikale Vernichtung aller Gegner und die sofortige
Liquidierung von Fuxi Fox und den anderen Führern
des arischen Packes. „Tod durch die Guillotine!", hob
sie die Faust und stimmte einmal mehr die Marseil-
laise an. Auch August, der Wildhase, der auf dem
rechten Auge nichts mehr sah und dem das linke Ohr
fehlte – er wurde von der GEWAPO, der Geheimen
Waldpolizei damals bis aufs Blut gefoltert und

gequält, weil man bei ihm die Verbindung zu einer Widerstandsgruppe vermutete (die es aber nicht gab) und der von den GEWAPO-Männern schließlich einfach nur in eine der vielen offenen Jauchegruben geworfen wurde, da diese annahmen, dass er ohnehin gleich verrecken werde (was er aber nicht tat), auch er war für den sofortigen Tod der brutalen Folterknechte. Weil ihm auf Grund der damaligen Folterungen auch die Zunge fehlte und er nicht sprechen konnte, deutete er dies unmissverständlich durch eine klare und eindeutige Handbewegung an, indem er sich mit der linken Vorderpfote unter dem Hals von links nach rechts fuhr, einen kräftigen, tiefen Schnitt andeutend, dabei ein zischendes Geräusch von sich gebend.

Weil auch andere von der Gewaltherrschaft von Fuxi Fox und seinen Knechten erzählten, weil auch andere von Zucht und Drill und ideologischer Verseuchung in den Schutzstaffeln und Sturmabteilungen informierten, weil auch andere über die Verhörmethoden der Geheimen Waldpolizei zu berichten wussten … und allesamt eine strenge und harte Bestrafung der Übeltäter verlangten, veränderte sich die Gesichtsfarbe des stolzen Führers der arischen Rasse nun doch zusehends. Die aufrechte Haltung ließ nach, der klare Blick wurde düsterer, die frisch geschneiderte Uniform wirkte plötzlich viel zu groß und die glänzenden Lederstiefel wirkten bald wie ein Fremdkörper an dieser mehr und mehr zusammenfallenden Figur.

Noch schlimmer war es um die Begleiter des Führers, um seine Stellvertreter, seine Kommandanten und Heerführer bestellt. Wie armselige Würstchen standen sie da, wurden kleiner und kleiner. Manche zitterten vor Angst. Nichts mehr war zu hören vom arischen Blut und der reinen Rasse. Als dann auch noch der junge Rehbock seine Brandblasen am Bauche zeigte, die ihm von den Folterknechten mit brennenden Zigaretten zugefügt worden seien, als der kleine Siebenschläfer seine Perücke von Kopfe nahm, seine fehlende Schädeldecke zeigte, die ihm samt Haar bei einer Vernehmung durch die GEWAPO entfernt worden sei, als dann auch noch Berta, die Gams, erzählte, dass sie am ganzen Körper nur noch zittere und keine Minute mehr schlafen könne, weil sie damals nächtelang mit kaltem Wasser übergossen worden sei … war es völlig vorbei mit der Herrschaftsrasse.

Joseph, der hinkende Rehbock, der als Propagandaminister im Waldreich des große Wort führte, stand wie ein Häufchen Elend da und murmelte unverständliche Worte in seinen nichtvorhandenen Bart hinein. Hermann, der dicke Achtzehnender, der Heeresführer, Reichsmarschall und Kriegsminister, wurde von einem Zittern erfasst. Sturmscharführer Ernst, ein dickes Murmeltier, versteckte sich hinter Rata Tutu, der noch dickeren Bisam-Ratte, der Stellvertreterin des Führers, die sich – an sich ja gern- und vielredend aber nichtssagend – in der Zwischenzeit ganz schön still verhielt. Und Heinrich Haha, oberster Chef aller Schutzstaffeln und Befehlshaber der Geheimen Waldpolizei, ein wilder Steinbock und an sich überhaupt nicht zimperlich, schien Tränen in den Augen zu haben, so sehr quälten ihn die Bilder, die er sah, nachdem die GEWAPO-Opfer die brutalen Misshandlungen schilderten, denen sie in der Internierungs- und Sicherheitshaft ausgesetzt waren. Aber nicht Mitleid mit den armen Gequälten war es, welches das Nass aus seinem Kopfe trieb, vielmehr war es die Angst vor der Rache, die da möglicherweise bald mal zum Einsatz kommen könnte.

Während also die hohen Führer des arischen Reiches kleinlaut wurden, zu fiebern und zu zittern begannen und mit dem Schlimmsten rechneten, die von ihnen Gequälten, Gefolterten, Vertriebenen in ihrer Rache zu den grausamsten Methoden greifen sahen, und selbst Fuxi Fox immer wieder mal in seinen Mundwinkeln zu zucken und das rechte Auge leicht nervös zu tränen begann, schritt Dixi Dax vor das Tribunal.

„Mit Gewalt und Totschlag werden wir keine Gerechtigkeit schaffen. Mit Kopf abhacken und Bauch aufschlitzen werden wir nicht dem Leben dienen und keine Brüder gewinnen. Und mit der Fortsetzung des Krieges werden wir keinen Frieden schaffen."

Unglaublich, wie drei Sätze wirken können. Als wäre der Erlöser höchstpersönlich vom Himmel gestiegen und hätte seinen Jüngern die Botschaft vom Paradiese verkündet, so fasziniert war alles von der

Poesie des kleinen Dachses. Still seine Worte, ruhig. Ohne rollendes „r" und ohne arisches Pathos. Und einfach, ganz einfach, von der Körpersprache. Wie der zauberhafte Gesang der Sirenen auf die Argonauten gewirkt haben musste, so wirkten die Sätze von Dixi Dax auf die ihn Hörenden.

„Lasst uns gemeinsam darüber nachdenken, wie wir eine friedliche Welt schaffen können. Eine Welt, in der wir alle glücklich und zufrieden leben können. Eine Welt, in der genug für alle da ist. Eine Welt, in der niemand hungern muss, in der jede und jeder sich entwickeln und weiterbilden kann, in der alle ihre Erfüllung finden. Eine Welt, in der für Kinder, Alte und Kranke bestens gesorgt ist. Wo jede und jeder gleich wichtig und von gleicher Mitsprache ist."

In einen richtigen Rausch redete er sich. Geprägt von seinem Wunsch nach einer gerechten Welt, stiegen Bilder vor ihm auf, die er mit Worten beschrieb und die er mit Sätzen in den Himmel malte. Immer mehr von den Frauen und Jungen und Alten aus dem Arbeitsdienst unterbrachen ihr Essen und lauschten gebannt den Worten von Dixi Dax. Auch ein paar der gefesselten Krieger – die wohl etwas weniger besoffen denn der Großteil und deshalb dazu fähig – öffneten ob der wunderbaren Sätze Aug und Ohr und begannen zuzuhören.

„Ich habe einen Traum. Ich habe den Traum, dass wir eines Tages alle, Alt wie Jung, Mann wie Frau,

Einheimische wie Fremde friedlich nebeneinander leben werden. Und gar nicht mehr sehen werden, ob wir alt oder jung, Mann oder Frau, von hier oder von da kommen. Weil wir uns nur noch als Gleichwertige, als Menschen, als Freunde wahrnehmen werden!"

Und er redete und redete. Und nicht einem wurde fad. Nicht nur die Freunde von Dixi Dax standen mit offenem Munde da und hörten gebannt zu. Auch vielen seiner einstigen Feinde verschlug es beinah den Atem ob seiner klaren Worte, ob seiner versöhnlichen Botschaft, die ob ihrer tiefen Wahrheit so weit ins Innere drang, dass sie den Kopf erreichte und zu Herzen ging.

Selbst unter der Führungsriege des arischen Reiches wurde da und dort ein Auge gehoben, ein Ohr geöffnet. „Gar nicht so übel, seine Ideen!", sagte sich Hermann, der Achtzehnender und Reichsmarschall, wollte schon nach vor treten, Dixi Dax die Hand reichen, ihm zu seiner Rede gratulieren und ihm ein hohes Amt in seinem Ministerium anbieten. Doch kaum dass er sich rührte, begann Simba, der bengalische Tiger, zu knurren und Loxodonta, der afrikanische Elefant, hob drohend seinen Rüssel und zeigte die volle Länge seiner mächtigen Stoßzähne, worauf Hermann den Blick senkte und sich ganz, ganz klein machte. So klein sich halt ein dicker, fetter Achtzehnender machen kann.

Nach Dixi Dax meldeten sich auch noch Uku Lele

und Krakra zu Wort. Sowohl die weise Eule als auch der kluge Rabe sprachen sich – obwohl sie oft genug von den Schutzstaffeln verfolgt und von der Geheimen Waldpolizei verhört und befragt wurden – für eine friedliche Lösung aus. Ganz im Sinne der Rede von Dixi Dax.

Schließlich entschloss man sich, eine Gerichtsbarkeit zu wählen, in der Vertreter des Waldes wie des Ackerlandes, in der Fremde wie Einheimische (mit Ausnahme von Kriegern, Kriegstreibern und Kriegsführern) sich ihre Gedanken über mögliche Strafen machen, diese dann festlegen und urteilen sollten. Dixi Dax, Uku Lele, Krakra, Talpideus, der Maulwurf, Mikrotia, die Fledermaus oder Ferdinand, der Feuersalamander wurden ebenso in diese Gerichtsbarkeit gewählt wie Tschäki Tschak, der Goldschakal, Mauritia, das Warzenschwein oder Pichi, das Zwerggürteltier. Die Nacht über habe die Gerichtsbarkeit zur Beratung und Beschlussfassung Zeit. Bei Sonnenaufgang sollten dann die Urteile gesprochen werden.

Auch Fuxi Fox, Joseph, Hermann, Rata Tutu und all die anderen arischen Führungskräfte wurden gesichert, indem die Vorder- und Hinterpfote des einen an die Vorder- und Hinterpfote des anderen gebunden wurde. Sicher ist sicher, sagte man sich. Deshalb auch wurden Simba, der bengalische Tiger und Loxodonta, der afrikanische Elefant die Nacht über zusätzlich zur Bewachung der hohen Arier abgestellt. Dass er den

Seinen noch nie so nahe war, wurde Fuxi Fox in dieser Nacht bewusst. Was ihn aber eher störte.

Während der Nacht wurde immer wieder mal einer der Krieger, die da besoffen und einer an den anderen geknotet im Acker lagen, munter. Und allmählich und schön langsam wieder nüchtern. Weil sie aber ob ihrer gewaltigen Räusche nicht wussten, wo sie waren, wie ihre Situation, was geschehen war … und weil sie sich zusätzlich nicht rühren konnten, begannen welche zu schreien und zu rufen. „He!", brüllte da einer. „Hallo, hallo!", machte sich da einer bemerkbar. „Was soll das?", vernahm man den Ruf eines Iltis. „Verflucht!", den Schrei eines Marders. Und „Ja, sag mal!" und „Sauerei!" und „Frechheit!" vernahm man es bald da wie dort. Und die Frauen und Jungen und Alten des Arbeitsdienstes hatten alle Hände voll zu tun, den Kriegern das Maul zu stopfen und sie auf ihre missliche Lage, ihre beschissene Situation aufmerksam zu machen. Dass sie die Schnauze halten und ganz still sein sollen. Dass sie froh sein sollen, dass sie noch leben. Dass sie sich als Kriegsgefangene im Feindesgebiet befinden würden und dankbar sein sollen, dass sie so human behandelt werden. Der dicke Hermann hätte sie als Gefangene sofort und ohne auch nur mit seinen Achtzehnenden zu wackeln, an die Wand stellen und erschießen lassen.

Nicht mehr lange bis zum Sonnenaufgang. Das Schnarchen und Forzen und Rülpsen der besoffenen

Krieger wurde weniger. Immer weniger. Man wurde langsam nüchtern. Dafür wurden die Wehklagen ob der blöden Schädel immer mehr. Ein Stöhnen da, ein Stöhnen dort. „Wasser, bitte Wasser!", kam von da ein Ruf. „Mir ist schlecht!", ein anderer von dort. Und immer wieder schwor einer, laut und deutlich, dass er nie mehr, nie mehr Schnaps saufen werde.

Das neugeschaffene Gericht tagte bzw. nächtigte von den späten Abendstunden bis in die frühen Morgenstunden hinein und erstellte ein Programm, das von den Richtern selbst „Wald-, Wiesen- und Feld-Charta" genannt wurde. Ein Programm, in dem einerseits das künftige Zusammenleben skizziert und andererseits die Bestrafung von Kriegern und Kriegstreibern festgelegt wurde. In diese Charta wurden die Sätze von Dixi Dax vom Vorabend fast Wort für Wort übernommen. So wie er es geschildert hatte, so wollte man sich das Zusammenleben in der Zukunft vorstellen.

Ziemlich genau um halb sieben ging sie auf, die Sonne. Wie immer Mitte September. Ein mächtiger Feuerball schien weit im Osten aus der Erde hochzukommen. Hätten sie das nicht gekannt: richtig Angst hätte man kriegen können. Jetzt erst, bei Tageslicht, wurde das ganze Ausmaß des gestrigen Abends, der letzten Nacht sichtbar. Deutlich waren sie rundum zu sehen, zu erkennen, und auch zu riechen, die Spuren des großen Fressens, des Besäufnisses bis zu Bewusstlosigkeit. Tausende und nochmals tausende Krieger –

Marder, Ratten, Iltisse und anderes arisches Getier – lagen in ihrem eigenen Dreck. Und jammerten. Ein Gestank von Urin und Kot und Kotze lag in der Luft. Und überall Flaschen, Krüge, Gläser, angepatzte und verschmierte Töpfe, Pfannen, Schüsseln. Ununterbrochen waren sie dran, die fleißigen Helfer – Waldbewohner wie Fremde, Heimische wie Flüchtlinge – Ordnung in die Unordnung zu bringen, dem Chaos halbwegs Herr zu werden.

Während die einen aneinandergebunden und an den Folgen von Völlerei und übermäßigem Alkoholkonsum ziemlich angeschlagen und jammernd im Dreck lagen; andere, ebenfalls aneinandergeknotet und von Tiger und Elefant bewacht auf ihren Prozess warteten; die vielen Frauen, Jungen und Alten vom Arbeitsdienst mit ihren neuen Freunden, den Fremden aus allen Teilen der Welt, feste zugriffen und dabei waren, den Dreck wegzuräumen; schritt die neue Gerichtsbarkeit, nach einer langen und arbeitsreichen Nacht, zur Tat.

Dixi Dax bat Loxodonta, den afrikanischen Elefanten, den stimmgewaltigsten unter allen, seinen Rüssel zu heben, dreimal ordentlich zu trompeten und alle um Ruhe und Aufmerksamkeit zu bitten. Weil das Gedröhne des Dickhäuters so heftig, dass manchen die Ohren krachten und so laut, dass es auch noch im letzten Winkel zu hören war, wurde es still.

Tschäki Tschak, der gebildete und

hochintellektuelle Goldschakal, redegewandt und viele Sprachen der Welt beherrschend, trat ins Zentrum des Geschehens. „Im Namen des Obersten Gerichtes der Wald-, Wiesen- und Ackergerechtigkeit darf ich euch verkünden, zu welchem Urteil wir nach langen und reiflichen Überlegungen gekommen sind." Und er berichtete, dass sie es sich nicht leicht gemacht hätten, dass sie dies und das abgewogen, das und dies berücksichtigt hätten. Und dass sie immer wieder sich gefragt hätten, was wohl das Beste für das Land, was wohl das Beste für den Wald, was wohl das Beste für die Waldbewohner.

Alles hörte dem afrikanischen Goldschakal aufmerksam zu. Selbst die arischen und reinrassigen Waldbewohner. Die einen, die Alten, Jungen und Frauen des Arbeitsdienstes, weil sie sich durch den freundlichen Empfang im fremden Lande, durch die großzügige Gastfreundschaft der Fremden, vor allem aber durch die gestrige Rede von Dixi Dax zumindest innerlich, von ihren Gefühlen und ihrem Denken her, längst von ihrem Führer und seiner Heerschar losgesagt hatten und zu Freunden der Fremden wurden. Die anderen, die im Dreck liegenden Krieger wie die von Tiger und Elefant bewachte arische Obrigkeit, weil in der augenblicklichen Situation jeder Widerstand zwecklos und jedes unüberlegte Worte eine mögliche Strafe nur verschärft hätte.

Von Würde, sprach der Goldschakal. Von Freiheit

und Gerechtigkeit. Dass sie das „wir hier“ und „ihr dort“, das „ihr drüben“ und „wir herüben“ rasch vergessen sollten. Dass es kein oben und unten mehr geben dürfe, keine Rassenunterschiede, dass alle gleich seien. Joseph, den Propagandaminister, juckte es und trotz seines lahmenden Fußes wäre er am liebsten nach vorne gesprungen, hätte den Goldschakal am Kragen gepackt und ihm die arischen Blut- und Reinheitsgesetze in die Fresse geschlagen.

Fuxi Fox – ein ganzer Kerl, ein Mann, wie er im Buche steht, testosteronurchdrungen, von Schwanz und Hoden bestimmt und beherrscht – schwieg sogar, als Tschäki Tschak von mehr Gerechtigkeit zwischen Mann und Frau sprach und meinte, dass nur bei einer Teilung von Hausarbeit, Kindererziehung und Altenpflege, bei Halbe:Halbe, gesellschaftspolitische Harmonie und Friede entstehen könne. Obwohl ihm, Fuxi Fox, ob diesen Worten des Goldschakal fast schlecht wurde und ihm die Galle hochkam, schwieg er. Und das hieß bei Fuxi Fox einiges.

Auch die anderen hohen Würdenträger aus dem Reiche des Waldes nahmen sie still hin, die Worte von Tschäki Tschak. Wohl zuckte da mal einer, wenn von der Freiheit des Denkens und des Wortes und der Freiheit der Kunst die Rede war. Und ein anderer, wenn der Goldschakal von Demokratie und freien Wahlen zu erzählen begann. Aber man hielt sich zurück, man fürchtete sich so schon vor der kommenden Strafe, wollte diese nicht unnütz vermehren.

Nach Tschäki Tschak wandte sich Dixi Dax als Vertreter der Gerichtsbarkeit an die Zuhörenden. Er richtete sein Wort vorerst an die im Dreck liegenden Krieger. „Ich bin einer von euch. Einer aus dem Walde. Ein einstiger Freund eures Führers, als der noch kein Führer war. Er sagte euch: Kämpft für die Heimat! Kämpft für den Wald! Kämpft für den Frieden! Das war eine Lüge. Kämpfen müsst ihr für ihn, müsst ihr für sie, seine Lakaien, für sie und ihre wahnwitzigen Ziele.

Ihr wurdet bestohlen, weil alles dem Krieg geopfert wurde. Statt euch um eure Frauen und Kinder zu kümmern, hat man euch das Marschieren beigebracht. Statt euch Gedanken um den Umgang mit der Natur zu machen, habt ihr das Strammstehen gelernt. Statt euch zu fragen, wie wir mit Dürre und Trockenheit, mit Sturm und Flut fertigwerden können, haben sie euch das Morden gezeigt. Und wozu? Und warum? Die Nahrung fehlt. Die Kleidung fehlt. Die Wärme fehlt. Unsere Kinder haben nichts zu essen. Unsere Bäume verdorren. Unser Wald verödet. Unser Land stirbt.

Ihr wurdet gegen einen Feind gehetzt, der euer Feind nicht ist. Gegen einen Feind, der euer Freund, euer Bruder ist. Lassen wir nicht weiter zu, dass Hass geschürt wird und umgeht. Weder im Wald noch im Acker. Reißen wir sie gemeinsam nieder, die Grenzen, die uns trennen. Die Grenzen zwischen hier und dort, zwischen dir und mir. Akzeptieren wir uns, wie wir sind. Schenken wir uns gegenseitig Achtung und Vertrauen. Auf dass Friede herrsche. Ein für alle Mal. Und für ewige Zeiten.“

War zu Beginn der Richterreden – sowohl bei den Worten von Tschäki Tschak als auch bei jenen von Dixi Dax – immer wieder mal ein Stöhnen einer von Kopfschmerzen geplagten Ratte zu vernehmen, ein leichtes Rülpsen und Aufstoßen eines Marders zu hören – so wurde es von Satz zu Satz immer ruhiger. Immer mehr der Krieger spitzten ihre Ohren. Und bald war es so still, dass man selbst den Flügelschlag der Schwalbe hätte hören können, wenn diese über den Acker geflogen wäre.

Obwohl gezeichnet noch immer vom Rausch des Vortages, obwohl verdreckt und verschmutzt: wenn man den Kriegern ins Gesicht sah, dann spürte man da wie dort eine leichte Furche, die sich weitete, eine Falte, die zeigte, dass Gedanken abliefen, dass die Zellen im Kopf in Bewegung gerieten. Immer öfter signalisierte ein Auge Zustimmung mit dem, was Dixi Dax sagte. Sogar die eine und andere Träne war zu erkennen.

Die Frauen, die Jungen und die Alten, die Arbeitsdienstler, waren nach den Worten von Dixi Dax völlig fertig. Sie saßen mit offenem Munde im Acker und waren wie gelähmt. Noch nie hatten sie solche Sätze gehört. Noch nie hat ihnen jemand gesagt, wie schön und einfach es sein kann, zu leben, einfach zu leben. Noch nie hat ihnen jemand bewusst gemacht, dass Lächeln und Herzlichkeit Friede bedeutet, dass Offenheit und Ehrlichkeit Kriege unmöglich macht. „Lasst uns das Zuhören lernen. Lasst uns die Vergebung üben. Lasst uns die Geduld erproben. Lasst uns den Anderen suchen, um den Frieden zu finden. Haben wir Zutrauen zur Macht der Liebe. Und misstrauen wir jenen, die in ihrer Liebe zur Macht über Leichen gehen!" Was für Worte von Dixi Dax. Wie anders als die Worte von Fuxi Fox.

Natürlich hörten auch Fuxi Fox und Joseph und Hermann und Ernst und Heinrich und Rata Tutu – all die arischen Herren und Heerführer – die Worte von Tschäki Tschak und Dixi Dax. Mussten sie zwangsläufig hören. Aneinandergebunden hätten sie sich auch schwer nur die Ohren zuhalten können. Und ein Abstellen der Reden wäre ebenfalls schwierig gewesen. Sie hatten keine Befehlsgewalt mehr. Fuxi Fox konnte nicht einfach den Daumen nach unten drehen und einer der GEWAPO-Leute sorgt für Ruhe und Totenstille. Die Zeit war vorbei. Die Situation war eine andere. Eine völlig andere.

Joseph, der hinkende Rehbock, Großmaul und Propagandaminister, überlegte, ob er sich nicht freiwillig die Kugel geben soll. Was in der gegenwärtigen Lage natürlich auch schwer gewesen wäre. Die eine Hand an Fuxi Fox, die andere an Rata Tutu geknotet. Ohne

Waffe in der Jacke. Auch dachte er an seine Frau und seine sechs Kinder, die er – wenn schon, denn schon – gerne ebenfalls mitnehmen möchte auf seinen letzten Weg.

Heinrich, der GEWAPO-Chef überlegte hin und her und her und hin, wie er dem Gericht klarmachen könnte, dass er zum GEWAPO-Chef genötigt wurde, dass er das niemals werden wollte. Und dass er persönlich nie jemanden gefoltert habe. Im Gegenteil: immer wieder habe er sich gegen die brutalen Methoden der Wald- und Reichsführer gewehrt. Jawohl! Gewehrt! „Jawohl! Genau das werde ich den Richtern klar machen", sagte er sich. Und wurde etwas ruhiger. Er lächelte beinah.

Sturmscharführer Ernst, das dicke Murmeltier, murmelte – wie es sich für einen seiner Art gehörte – in sich hinein. Unverständlich. Kaum zu hören. Schwer zu sagen, ob es eine Art Fluch oder doch eher eine gebetsmühlenartige Litanei war.

Rata Tutu, der dicken Bisamratte, der Viel- und Gernrednerin, fiel es wohl am schwersten, das Maul zu halten. Wie gerne hätte sie rausgeschrien, dass sie dieses Gericht nicht akzeptiere, dass sie sich von dieser nichtarischen Bagage nichts sagen lasse. Wie gerne hätte sie durch solidarische Worte dem größten Feldherren aller Zeiten ihre Unterstützung bewiesen. Wie gerne hätte sie ihm, ihrem Führer (der noch immer nicht mitbekommen hatte, dass sie kein männliches

Wesen), ihre Liebe zu ihm gezeigt.

Dieser, Fuxi Fox, hatte sich in der Zwischenzeit halbwegs gefangen. Er schien ruhig, gefasst. Sein Blick war – wie auch sonst immer – klar und streng. Sein Geschau – ebenfalls wie immer – von undurchdringbarer Wichtigkeit. Trotzdem arbeitete es hinter seiner Maske. „Was würde mein Vater, mein Großvater, mein Urgroßvater tun, wenn sie sich in meiner Lage befinden würden? Was nur?"

Während der Großteil der arischen Führungsschicht noch hin und her überlegte, nicht so recht wissend, wie ihnen geschah und noch weniger wissend, wie es weitergehen könnte, absolut unsicher in ihrem Tun und Denken, schritt einer von ihnen, der dicke Hermann, der Achtzehnender, seines Zeichens Heeres- und Kriegsminister des Waldreiches und großer Generalfeldmarschall, zur Tat. „Ich ergebe mich!", röhrte er – zwar nicht stolz, wie man es von einem mächtigen Achtzehnender erwarten würde, eher krächzend, wie von einem sterbenden Schwan – trotzdem laut und deutlich hörbar. „Ich akzeptiere die Niederlage meines Heeres und ordne mich den Befehlen meines Gegners unter!"

Wenn Blicke töten könnten! Der tausendfachen Morde wäre er dahingegangen, der breitbrüstige Feldmarschall, so hasserfüllt traf ihn das Geschau von Joseph, dem hinkenden, großmäuligen Reh, von GE-WAPO-Chef Heinrich, dem wilden Steinbock, von

Sturmbannführer Ernst, dem dicken Murmeltier, und von Rata Tutu, der noch dickeren Bisamratte. „Verräter! Schwein! Fette Sau! Schwule Schwuchtel!", ging es durch die Köpfe. Einzig Fuxi Fox, der Reichsführer, nahm die Äußerungen seines Vertrauten mit stoischer Ruhe entgegen. Nicht ein Muskelzucken, nicht die leiseste Bewegung. Weder von Stirn und Auge, noch von Mund und Lippe. „Gerade in Stunden wie diesen muss ich, Herr des Waldes, Führer- und Führungsqualitäten beweisen!", sagte sich der größte Feldherr aller Zeiten. Und blickte starr ins Weite. Stumm. Ohne jede Rührung.

Dafür vollzog sich ob der Worte des Achtzehnenders der Mund von dem einen und anderen aus der Schar der Kriegsgegner und Nichtarier zu einem Lächeln. Nicht zu einem Lächeln aus Schadenfreude. Viel mehr zu einem Lächeln im Sinne von „Na, also! Warum nicht gleich! Der erste Schritt ist getan! Wir sind auf dem Weg zu Friede und Freundschaft!"

Es war ein Zufall, dass der dicke Hermann, der Achtzehnender, gerade in diesem Augenblick seine Botschaft von der Kapitulation kund tat. Denn eben wollte – nach den Worten von Tschäki Tschak und der Rede von Dixi Dax – Uku Lele ins Zentrum treten, um die Urteile der Gerichtbarkeit zu verkünden.

Zufall hin, Zufall her: Jedenfalls griff Uku Lele, die weise Eule und in der Zeit vor Fuxi Fox die erste Vorsitzende im Walde, zur Eröffnung ihrer Urteilsrede das

Wort des Achtzehnenders und Heeresführers auf. „Ihr alle habt sie gehört, die Worte Hermanns, des mächtigen Achtzehnenders, des größten Hirsches im Walde. Er gibt auf und will keinen Krieg mehr. Deshalb auch wollen wir ihm verzeihen und Gnade walten lassen. Wie wir allen verzeihen wollen und über all jenen Gnade walten lassen wollen, die es ihm gleich tun und dem kriegerischen Treiben eine Absage erteilen!“

Und Uku Lele, die weise Eule, sprach, dass Friede, ein Dasein ohne Kampf und Krieg, Voraussetzung für jegliches Leben, für eine produktive Zukunft sei. Dass Friede aber nur der haben könne, der bereit sei, von sich aus auch Friede zu geben, Friede zu schenken. „Uns gegenseitig zu achten: das ist Friede! Wenn wir Vertrauen säen, werden wir Frieden ernten. Wenn wir uns gegenseitig achten, werden wir Freunde schaffen. Und wenn wir Freunde sind, dann brauchen wir keine Waffen!“

Und Uku Lele rief alle auf, dem Kampfe abzusagen, es Hermann, dem Achtzehnender, gleichzutun und dem Kriege abzuschwören. Und sie versprach – im Namen des Gerichtes, der Richter und der Gerechtigkeit – Gnade für alle, die den Frieden wollen und bereit seien, für diesen einzutreten. Wir wollen keine Vergeltung. Wir wollen keine Rache. „Uns nicht zu rächen, das soll unsere Rache sein!“, hatte die Gerichtsbarkeit nach der nachtlangen Sitzung in ihrer „Wald-, Wiesen- und Feld-Charta“ als ersten und obersten Satz festgehalten.

Und sie verkündete – laut und deutlich, für jede und jeden klar vernehmbar – die zehn Gebote des künftigen Zusammenlebens in einem friedvollen Wald-, Wiesen- und Ackerland. Und sie versprach Straffreiheit für alle ehemaligen Krieger und Kriegstreiber, die diese zehn Gebote gutheißen und nach ihnen leben würden. Die sich bereit erklären, den anderen, den Nachbarn zu achten und wertzuschätzen. Die bereit seien, unter Bedingungen zu leben, in denen es kein oben und unten gäbe, in dem einer für den anderen da sei, wo man sich gegenseitig helfe und Kinder und Alte, Kranke und Schwache ganz besonders unterstütze. Die bereit seien, ihre Kraft, ihr Wissen, ihre Fähigkeiten und ihr Können dafür einsetzen, der Natur wieder auf die Beine zu helfen, um so auch noch für die nächste und übernächste Generation ein friedvolles Dasein im Wald-, Wiesen- und Ackerland zu sichern.

Wie gesagt: Uku Lele hat diese „Wald-, Wiesen- und Feld-Charta" mit den zehn Geboten ganz bewusst langsam und breit vorgetragen, sodass jede und jeder, selbst die nicht gerade schnellsten im Denken, Wort für Wort, Satz für Satz verstand. Und sie fragte sogar nach, ob wohl alle verstanden hätten.

Und erst nach einer Pause, den Blick kurz über all den Kriegern, die Ratten, Mardern, Iltissen schweifen lassend, fuhr sie fort. „Wer bereit ist, diese Gebote und

Richtlinien zu akzeptieren und nach ihnen zu leben, dem wird verziehen, der kann im Lande bleiben und wird als Bruder und Schwester wertgeschätzt und akzeptiert. Wer das aber nicht will, wer mit den Sätzen und Geboten der Wald-, Wiesen- und Feldcharte nicht einverstanden ist, der muss gehen, muss Wald und Wiese verlassen und wird in das weit entfernte Land, in das Land hinter den sieben Bergen gebracht!"

Dieser letzte von Uku Lele angesprochene Punkt war der umstrittenste und am längsten diskutierteste Punkt bei der Erstellung der Wald-, Wiesen- und Feldcharte. Dass derjenige, der die Gebote nicht akzeptiere, das Land ungestraft verlassen dürfe. Der könne dann ja bald wieder mal als Krieger, mit neuem Heer, in ihr Land einfallen. So etwas könne man nicht akzeptieren. So einer müsse für den Rest seines Lebens hinter Gitter gesetzt werden. So meinten die einen. Andere sagten, dass einer, der das Angebot nicht annehme, friedlich und friedvoll mit den anderen zu leben, eine ständige Gefahr darstellen würde und deshalb liquidiert gehöre. Schließlich sprach sich aber eine deutliche Mehrheit des Gerichtes für die friedliche Lösung einer Außer-Land-Bringung der Demokratiefeinde aus. „Hass mit Hass zu vergelten ist keine Lösung! Mit Morden das Morden zu rächen, schafft nur neues Morden!"

Uku Lele richtete ihr Wort vorerst an die Gruppe der ehemaligen Arbeitsdienstler, an die Jungen,

Frauen und Alten aus der Reihe der Arier. „Wer von euch bereit ist, künftighin nach den Geboten des Waldes, der Wiesen und der Äcker zu leben, der hebe seine linke Hand, führe seine rechte zum Herzen und antworte mit einem klaren und deutlichen JA! ICH WILL!“ Wie auf Knopfdruck fuhren da Arme hoch, in die Lüfte wie Richtung Brust. Und schneller als schnell, rascher noch als rasch – wie die Antwort der Soldaten auf das Geplärr ihres Führers – kam das „Ja! Ich will!“. Nur kam es voller Freude, voller Begeisterung. Und nicht gepresst und gezwungen, unter Zwang erzeugt wie die Antwort des Soldaten.

Wenngleich unübersehbar und unüberhörbar, dass die Zustimmung voll und ganz und zu hundert Prozent und mehr noch da war, machte Uku Lele – der Form halber, weil das Protokoll es so vorschrieb – die Gegenprobe. Natürlich hob sich auf ihre Frage, ob jemand dagegen sei, keine Hand, trat niemand vor und sagte: „Ja! Ich! Ich habe was dagegen!“

Nicht ganz so einfach wie die Befragung der Arbeitsdienstler lief die Befragung der Krieger ab. Schließlich lagen Ratten, Marder, Iltisse und anderes arisches Getier aneinandergeknotet am Boden. Zwar war der Großteil von ihnen wieder halbwegs bei Sinnen und war fähig, eigenständig zu denken. Aber die eine Hand zu heben und die andere zum Herzen zu führen war ein Ding der Unmöglichkeit. Also löste Simba, der bengalische Tiger, beim ersten Krieger den

Knoten, Uku Lele stellte ihm die Frage und der Krieger, ein Marder, sprang auf, hielt die Linke hoch, die Rechte zum Herzen und rief „Ja! Ich will!“. So ging das dahin. Ein Krieger um den anderen wurde losgebunden, sprang hoch und schwor dem Kriege ab und bekannte sich zum friedlichen Miteinander.

Natürlich gab es da welche, die verängstigt zu Fuxi Fox und den anderen Führern des Reiches blickten und die nicht so stramm hochsprangen und deren „Ja! Ich will!“ eher leise, verschreckt, zögernd – den Blick von Fuxi Fox weggewandt – kam. Und dann gab es einen, der gar nicht hoch sprang, sondern liegen blieb. Aber nicht, weil es sich mit den Geboten nicht einverstanden erklärte, sondern weil er – lädiert und noch immer fertig vom Alkohol des Vortages – wie der Igel im tiefsten Winter schlief, feste, und sich nicht mehr rührte. Erst nachdem Simba ganz nah an sein Gesicht herangefahren war und zu knurren begann, wachte er auf, sprang – wie von der Tarantel gestochen – hoch und blickte ziemlich belämmert in die Gegend. Aber auch er war, nachdem ihm Uku Lele die ganze Sache im Schnelldurchlauf nochmals erklärte, für einen Verbleib im Lande.

Weil der Krieger sehr, sehr viele waren, dauerte die ganze Prozedur der Befragung lange, sehr lange. Am Ende waren aber alle, all die Ratten, Marder, Iltisse und anderen Krieger des arischen Heeres bereit, die neuen Gebote nicht nur zu akzeptieren, sondern sie auch zu leben und zu praktizieren.

Als erste Aufgabe im Sinne eines friedlichen Zusammenlebens, als Beweis, dass sie es ernst meinen, mit ihren Versprechungen, wurde den einstigen Kriegern von Uku Lele die Teilnahme an einem Kurs bei Tschäki Tschak (und anderen Natur- und Wetterkundigen aus dem Ausland) empfohlen, bei dem sie sich Wissen um den Umgang mit Wind, Sonne, Sturm und Regen aneignen sollten. „Wenn wir miteinander tun, dann lernen wir uns kennen und mögen! Und verhindern Streit und Krieg. Und gleichzeitig lernen wir bei diesem Kurs auch noch, uns mit den Problemen der Zukunft auseinanderzusetzen." Auch diese Empfehlung von Uku Lele wurde von den einstigen Kriegern ohne Widerrede akzeptiert.

Nachdem geklärt war, dass die ehemaligen Arbeitsdienstler wie auch die ehemaligen Krieger alle bereit waren, sich einzuordnen in eine friedliches Zusammenleben im Wald-, Wiesen- und Ackerland, die Krieger sich sogar zu Kursen und Schulungen bereit erklärten, bei denen sie nicht das Strammstehen, Marschieren, Kämpfen und Totschlagen erlernten, sondern der Frage nachgehen sollten, was gegen Dürre und Orkane, gegen Überflutungen und Hungersnöte getan werden kann, begann die Befragung der arischen Führungsschicht.

Nicht nur weil Uku Lele nach dem langen Prozess der Befragung der Ratten, Marder und Iltisse schon recht müde und ziemlich erschöpft, auch weil es zuvor schon abgesprochen war, wurde diese Befragung von Dixi Dax vorgenommen. „Lasst das bitte mich machen. Lasst mich meinen einstigen Freund Fuxi Fox befragen und vernehmen. Ich glaube, ich weiß, wie ich ihn nehmen muss, wie ich ihn bekommen kann!“ Natürlich war die hohe Gerichtsbarkeit damit einverstanden.

Dixi Dax begann. „Nachdem unser Freund Hermann, unser mächtiger Achtzehnender, der größte Hirsch des Waldes, zu meiner großen Freude bereits angekündigt hat, die Waffen niederzulegen und samt seinem Heer zu kapitulieren, darf ich dich, lieber Hermann, nun offiziell fragen, ob du bereit bist, die Gebote des Wald-, Wiesen- und Ackerlandes zu achten und bereit bist, dein Bestmöglichstes zu einem friedvollen Zusammenleben beizutragen. Wenn ja, dann hebe die linke Hand, führe deine rechte zu deinem Herzen und schwöre laut und deutlich mit einem JA! ICH WILL!“

Wohl war es bei seiner Körperfülle und seiner prall anliegenden Feldmarschalluniform gar nicht so einfach, die verlangen Bewegungen schnell und stramm und zügig durchzuführen. Schließlich schaffte er es aber und sein „Ja! Ich will!“ war beinahe schon wieder so röhrend, wie man es von ihm von alten Zeiten her gewohnt war.

„Damit du beweisen kannst, wie ernst es dir mit

deinem Bemühen um ein friedliches Miteinander ist, lieber Hermann, wirst du gebeten, dich ein Jahr hindurch Tag für Tag eine Stunde lang mit den beiden asiatischen Friedenstauben Ono und Yoko zu treffen und mit ihnen gemeinsam die schönsten Freiheitslieder zu lernen. Nach einem Jahr musst du mindestens zehn können – von Give Peace A Chance über Blowing In The Wind, Imagine, Bella Ciao bis hin zu Amazing Grace oder We Shall Overcome – und beim großen Friedensfest zu Pfingsten vortragen."

„Und nun zu euch!" Damit wandte sich Dixi Dax dem Rest der Führungstruppe zu. Zuerst fragte er Heinrich, den wilden Steinbock, den Chef der GEWAPO, ob er es sich überlegt habe. Ob er sich Gedanken gemacht habe. Und wo er stehe. Und was er wolle.

Heinrich Haha, an sich ja ein wilder Bursche, der gewöhnlich ja recht stramm und zackig agierte und nicht lange zauderte, wenn es darum ging, auszutreten und zuzuschlagen, warf den Blick zu Boden und verteilte sein Gewicht von links nach rechts, von rechts nach links. Recht zaghaft und zögerlich, verängstigt fast, schaute er von unten hoch, zu Fuxi Fox hinüber, senkte aber schnell wieder den Blick und begann dann entschuldigend und nochmals entschuldigend um Verzeihung zu flehen. Er sei ja ein friedvoller Zeitgenosse. Und er wollte ja gar nicht Chef der GEWAPO werden. Er sei dazu faktisch gezwungen worden. Und dass er sich nach nichts mehr sehne, als nach Friede und Geborgenheit. Er habe Frau und Sohn. Und denen wolle er ein guter Mann und Vater sein. Mehr nicht. Einfach nur Gatte und Vater. Und ein guter Nachbar den Nachbarn.

Immer sicherer wurde er. Immer klarer in seiner Sprache. Immer offener in seiner Haltung. Den Blick jetzt geradeaus, kein Ducken mehr vor Fuxi Fox, sagte er, dass er gerne sich an die Regeln des neuen Zusammenlebens halten wolle. Das sei eine wunderbare Sache, eine wirklich wunderbare Sache. Und er hob die linke Hand in die Luft, fuhr mit seiner rechten zu seinem Herzen und rief – laut und deutlich, fast schreiend, sodass es jede und jeder deutlich hören konnte, auch die (oder gerade die), die einst in den Folterkammern der GEWAPO saßen – „Ja! Ich will!"

Dass es ihn freue, dass er – Heinrich – so willig, meinte Dixi Dax. Und er fragte nach, ob er – Heinrich – wohl alles deutlich verstanden haben, ob er wohl wisse, was das bedeutet, friedvoll mit anderen zu leben, wie Brüder, ohne jede Gewalt. „Ja! Natürlich! Selbstverständlich! Sicher!", meinte der Steinbock. Und hob dabei nochmals den rechten Arm zum Schwur zum Herzen. „Beim Leben meiner Frau und meines Sohnes!"

„Gut!", meinte Dixi Dax. „Damit auch du zeigen kannst, dass dir deine Absage an Krieg und Geheimpolizei ein echtes Anliegen ist, sollst du künftig einen Tag in der Woche ein Opfer der GEWAPO – einen, der nicht mehr sprechen kann, weil ihm die Zunge herausgerissen wurde; einen, der nicht mehr sehen kann, weil ihm das Augenlicht ausgebrannt wurde; einen, der keine Arme und Beine mehr hat, weil er gerädert wurde; einen, dem ob der Folterqualen der Verstand verloren ging – begleiten und betreuen. Diesem sollst du nicht nur hilfreich und unterstützend zur Seite stehen. Du sollst auch einen langen Tag lang pro Woche ununterbrochen sehen müssen, wohin Hass und Verachtung führen können.“

Ernst, das dicke Murmeltier, das sich immer noch hinter der noch dickeren Bisamratte Rata Tutu versteckt hielt, wagte sich unsicher nach vorne, hob – am ganzen Leib zitternd – die eine Hand hoch, die andere zum Herzen und schwor – ohne gefragt zu werden – mit belegter Zunge, schwer nur verständlich: „Ja! Ich will!“ Der Sturmscharführer, von seinen Truppen als „scharfer Hund“ gefürchtet, wirkte wie ein Häuflein Elend. „Glaubt ihm nicht!“, rief einer der Krieger. Und ein anderer meinte, dass dieser Schinderhannes weg gehöre. „Vertreibt ihn von hier in das Land der sieben Berge!“ Ein anderer schrie: „Hängt ihn auf, dieses Schwein!“

Dixi Dax beruhigte. Sie sollen nicht gleich wieder so unnachgiebig sein, so hart und unverzeihlich. „Lassen wir ihm Zeit. Bieten wir ihm die Möglichkeit zu beweisen, dass er es ernst meint!“ Mit Zorn und Wut werde man nur Wut und Zorn erreichen. Üben wir

Nachsicht. Bieten wir Vertrauen und Hilfe. Möglicherweise werden wir belohnt.

Ernst, dem einstigen Sturmscharführer und „scharfen Hund" wurde von Dixi Dax nahegelegt, an einem dreimonatigen Anti-Aggressions-Training teilzunehmen. Dabei soll er lernen, dass Gewalt und Zucht ein Zeichen von Schwäche seien und nie zur Lösung eines Problems beitragen würden. Und hinterher soll er für ein Jahr als Streetworker in einem Jugendzentrum arbeiten.

Rata Tutu, die dicke Bisamratte, Stellvertreterin des Führers zu Wasser, die zu Beginn der Verhandlung noch lauthals protestierte, das Gericht beschimpfte und die dem Führer so ihre Loyalität, ihre Treue, ja, ihre Liebe beweisen wollte, war in der Zwischenzeit recht kleinlaut geworden. Nachdem sämtliche Krieger umgefallen waren und sich gegen den Führer (und damit auch gegen sie) ausgesprochen hatten und zu Verrätern wurden und jetzt selbst Hermann und Heinrich und Ernst abgesprungen und übergelaufen waren, blieb nicht mehr viel übrig. Sie und Joseph. Die einzigen, die offenbar noch hinter dem Führer, dem größten Feldherrn aller Zeiten standen. Oder stehen könnten. Denn bei Joseph, diesem lahmenden halbseidenen Ziegenbock, war sie sich nicht wirklich sicher.

Ich bin ja nicht blöd, sagte sie sich deshalb. Wieso soll ich als Opfer übrig bleiben?! Also hob auch sie die Hand, schwor, und sprach „Ja! Ich will!", als Dixi Dax

die Frage an sie richtete. Und sagte willig zu, als von
ihr als Zeichen der Reue und als Beweis der Loyalität
verlangt wurde, mit den Wasseringenieuren und Bau-
experten aus dem Ausland zusammenzuarbeiten und
diesen bei der Beschaffung von Staumaterial behilf-
lich zu sein und ihren Anordnungen Folge zu leisten.
Dazu musste sie – was sie nun akzeptierte, obwohl sie
es zuvor immer und immer wieder abgelehnt hatte –
die englische Sprache erlernen. „Mach ich! Gerne!“,
sagte sie, ohne ihren einst so geliebten Führer auch nur
eines Blickes zu würdigen.

Joseph, der leicht hinkende Rehbock, der Propagandaminister des arischen Reiches, der Herr über all
die Medien, einer, der nicht aufs Maul gefallen und
stets die richtigen Worte zu finden in der Lage war,
dieser Joseph, von Rata Tutu in Gedanken eben noch
als lahmender, halbseidener Ziegenbock tituliert,
wirkte genau so: wie ein lahmender, halbseidener Ziegenbock. Da war nichts mehr an Arischem, Stolzem,
Reinem. Nichts vom reinen, stolzen Arier, den er in
seinen tausendfachen Reden und Ansprachen immer
wieder beschrieb und pries. Nichts Reines, Blaublüti-
ges stand da. Klein, schmutzig und grau wirkte er.
Nicht der geringste Ansatz vom stählernen Manne,
vom blaublütigen Herrscher, vom stolzen Übermen-
schen. Da war nur noch ein Häufchen Elend, das um
sein Leben zitterte. Ein kleinlauter Joseph, dem der
Rotz aus den Nüstern rann und der sich vor lauter
Angst angepisst hatte.

Dass er tun werde, was immer man ihm befehle, begann er mit seiner Jammerei. In der neuen Welt, da würde es keine Befehle mehr geben, meinte Dixi Dax. Ob er aber bereit sei, der Gewalt ade zu sagen, friedlich zu leben und den Ausländer als Bruder zu akzeptieren. Kurz zuckte Joseph. Das lahmende Bein zitterte leicht. Ein Nichtarier als Bruder? Aber gleich schon meinte er: „Ja! Ja! Ja! Alles werde er akzeptieren! Alles!"

Drei, vier Mal hinterfragte Dixi Dax, ob Joseph, der Rehbock, wohl alles verstanden habe, ob er sich wohl dessen bewusst, was ihn erwarte, ob er sich klar darüber, was mit diesem „Ja! Ich will!" auf ihn zukomme. „Ja! Ja! Ja!", antwortete Joseph neuerlich.

Als kleine Gutmachung für all seine Sünden empfahl Dixi Dax dem einst so mächtigen Propagandaminister ein Jahr hindurch den Wald aufzuräumen und zu säubern. Aufzuräumen und zu säubern von all den Lügen und falschen Versprechungen, die er über eine lange, lange Zeit im Lande verstreute. Wo immer eine alte Zeitung, ein altes Flugblatt, ein altes Schreiben aufzufinden sei, in dem von Rassenschande, von der Vorherrschaft der arischen Rasse, von dreckigen Ausländern und stinkenden Knoblauchfressern, vom Führer und seiner Unfehlbarkeit, von der Klimalüge und anderen Unwahrheiten die Rede sei, solle er dieses einsammeln, über die Nachrichten breit und dick LÜGE schreiben und sie dann wieder zum Aushang bringen. Und jeder Mann und jede Frau, die solch eine Zeitung, solch ein Blatt bei sich Zuhause vorfinde, dürfe diese bei Joseph, dem Ex-Propagandaminister, vorbeibringen und sich von diesem mit breiter Schrift bestätigen lassen, dass all die Botschaften Lügen waren, dass er, Herr der Medien, sie, das normale Volk, ständig betrogen und belogen habe.

Es tue ihm alles so leid, jammerte Joseph in einem fort. Und er werde das natürlich machen. Alles. Wie befohlen … äh, angeordnet. Und nie wieder, nie wieder werde er so dumme Sachen machen wie früher. Es tue ihm leid, sehr leid. Und er wolle sich bei allen entschuldigen. Und der Rotz rann ihm aus der Nase. Und aus dem größten Wortführer des großen arischen Reiches war ein ziemlich armseliges Jammerbündel geworden.

Fuxi Fox stand immer noch völlig ruhig da. Obwohl einer um den anderen seiner Freunde und Weggefährten ihm den Rücken kehrte, obwohl es da niemanden mehr gab, der hinter ihm stand – ihm, dem bejubelten Führer, dem größten Feldherren aller Zeiten – blickte er erhobenen Hauptes in die Weite. Ungerührt. Weder vom Verrat seines Kriegsministers noch von dem seines Propagandaministers ließ es sich klein machen. Die feigen Überläufe seines Sturmscharführers und seines GEWAPO-Chefs auf die Gegenseite nahm er ebenso stoisch zur Kenntnis wie die Kapitulation all seiner Krieger.

„Wer sich auf seine Freunde verlässt, der ist verlassen!", ging ihm ein Spruch seines Großvaters durch den Kopf, der ihm dereinst vom Kaiser des Waldes erzählte, vom großen Herrscher über das Reich, der tausende und abertausende Freunde hatte, überall, in aller Welt, da wie dort … der dann aber, nach dem großen Kriege, nur mit einer Unterhose bekleidet, fluchtartig das Land habe verlassen müssen. Mutterseelenallein. Kein Freund sei da gewesen. Nicht einer.

Nicht einer war jetzt da, der zu ihm hielt, der neben ihm stand, der hinter ihm stand. Keiner. „Als ich herrschte, waren sie alle da. Jetzt, in der Not, sind sie alle verschwunden." Wie recht Großvater doch hatte. Diese Schlappschwänze. Diese feigen Ratten. Allein stand er nun da, der bis vor kurzem so mächtige Fuxi Fox. Nur Dixi Dax, sein Freund aus alten Tagen, der stand ihm gegenüber und blickte ihn an. Nicht böse. Nicht abschätzig. Nicht voller Verachtung. Und überhaupt nicht zornig. Oder rachsüchtig. Nicht hämisch grinsend, weil man es ihm – dem Feind – jetzt mal richtig geben könne. Nicht spöttisch lachend, weil man es ja immer schon gewusst habe. Nicht höhnisch oder schadenfroh. Nein. Dixi Dax lächelte beinah, wirkte freundlich. Gar nicht wie der wilde Gegner, wie der böse Feind. Gar nicht wie der, der ein übermächtiges Heer besiegte und sich nun die Rache ausmalte.

„Es sieht aus, als hätte ich verloren", begann Fuxi Fox. Und lockerte dabei nicht nur sein strenges

Geschau. Auch seine Körperhaltung wurde offener, weicher. „Tja. Blöd gelaufen. Muss wohl ein paar Fehler gemacht haben. Gratuliere zum Sieg, Dixi Dax!"

„Wir sind keine Sieger. Und ihr keine Verlierer. Auch wenn ihr euch vielleicht als solche fühlt. Wir alle sind Bewohner dieses Landes, des Waldes, der Wiese, des Ackers. Und wir alle wollen vor allem eines: leben!"

„Nieder mit dem Führer!", schrie einer der Marder. „Gib's ihm, Dixi Dax!", ein anderer. Und: „Hängt ihn auf!", piepste eine Ratte mit hoher Stimme. Bevor es unruhig werden konnte, begann Simba, der bengalische Tiger, zu knurren und Loxodonta, der afrikanische Elefant, stieß einen kräftigen Trompetenstoß aus. Sofort herrschte wieder absolute Stille.

„Hier wird keiner fertig gemacht. Und schon gar keiner aufgehängt", wandte sich Dixi Dax an die Allgemeinheit. „Und Führer, Führer gibt es keinen mehr! Es gibt nur noch Fuxi Fox. So, wie es auch nur noch Hermann, den Achtzehnender gibt und keinen Kriegsminister mehr. Und nur noch Joseph, den Rehbock gibt und keinen Propagandaminister mehr. Und nur noch Ernst, das Murmeltier, und Tschäki Tschak, den Goldschakal. Und Heinrich, den Steinbock, und Eudorika, die Rotstirngazelle. Keinen, der einen komischen Titel führt. Keiner, der mehr Wert ist als der andere. Kein oben und kein unten mehr. Wir alle sind gleich wichtig. Klein wie groß. Alt wie jung. Mann wie Frau. Nur wenn wir uns alle gegenseitig schätzen und achten und mögen, werden wir zufrieden und glücklich sein!"

„Amen!". Trotz der tristen Situation, in der er sich befand, schien Fuxi Fox ganz leicht und verschmitzt zu lächeln, als er dieses „Amen", diesen sarkastischen Kommentar von sich gab. „Mein alter Freund Dixi Dax. Immer noch an das Gute in der Welt glaubend. Immer noch überzeugt davon, Liebe könne Neid und Hass besiegen. Schau sie dir doch an, all diese Maulhelden. Gestern noch haben sie mir aus der Hand gefressen. Zum Mond hätte ich sie schicken können, sie wären gegangen. Jeden haben sie tot gemacht, wenn ich es ihnen befahl. Und heute schwören sie dir Liebe und Frieden und wer weiß was nicht noch alles. Feine Partner, die du dir da eingehandelt hast und mit denen du das Paradies basteln willst. Viel Glück dabei!"

Auch Dixi Dax lächelte. Das war er, sein alter Freund Fuxi Fox, wie er leibt und lebt. Nicht auf den Mund gefallen. Stets ein Argument bei der Hand, das ihm passte, das seinem Zwecke diente. „Ja. Du hast recht. Immer noch der Alte. Du, der alte Fuxi Fox. Noch immer nicht an friedliche Lösungen glaubend. Noch immer auf das Gesetz des Stärkeren vertrauend. Immer noch die Angst vor dem Fremden schürend. Und noch immer die von uns verursachten Wetterkapriolen leugnend."

„Was soll ich sagen? Was soll ich lange um den

heißen Brei herumreden?", meinte Fuxi Fox nach einer kurzen Pause, in der bei beiden, bei Dixi Dax wie bei Fuxi Fox, Bilder der Vergangenheit vor ihren Augen abzulaufen schienen. „Meine Leute vom Arbeitsdienst sind auf deiner Seite, meine Krieger sind alle zu dir übergelaufen, selbst meine engsten Vertrauten, die mir tausendjährige Treue geschworen haben, stehen nicht mehr hinter mir. Was bleibt mir also anderes übrig, als „ja" zu sagen?!

Natürlich versuchte Dixi Dax klarzumachen, dass dieses „ja" etwas Vernünftiges, auch für ihn, für Fuxi Fox. Und dass es gut wäre und ihn freuen würde, wenn er aus Überzeugung „ja" sagen würde und nicht aus einem Zwang heraus. Und er erklärte - für alle deutlich hörbar, nicht nur für Fuxi Fox - dass das die Hölle gewesen wäre, wenn er – Dixi Dax und die Seinen – sich auf den Kampf eingelassen, wenn sie diesen Krieg gegen sie – Fuxi Fox und seine Heere – wirklich geführt hätten. Euere Krieger gegen unsere Leute. Mann gegen Mann. Ihr mit viel mehr an der Zahl. Mit tausend und abertausend Kämpfern. Wir mit kräftigeren, stärkeren. Mit Elefanten und Walrossen und Büffeln und Tigern und Löwen. Ein ewiges, nicht enden wollendes Schlachten wär's geworden. Und alles, was noch da war, wäre zerstört worden. Das Wenige bei euch. Das Bisschen von uns. Hungerjahre wären die Folge gewesen. Krankheiten wären vermehrt ausgebrochen. Zu Pandemien wäre es gekommen. Seuchen hätten sich breit gemacht. Und die Herzen, da wie dort, wären zerbrochen worden. Die Gefühle der Frauen, die Hoffnung der Jugend, das Vertrauen der Kinder, der Geist der Wissenschaft, der Glaube an die Zukunft.

Dixi Dax hätte sicherlich noch weiter geredet, wenn Fuxi Fox ihn nicht unterbrochen hätte. „Schon gut, schon gut!", meinte er. „Ich hab ja meine Niederlage längst akzeptiert. Und habe gesagt, dass ich deine Vorgaben für ein zukünftiges Zusammenleben akzeptiere. Ich lasse mich nicht verbannen. Ich werde nicht in ein fremdes, mir unbekanntes Land gehen. Ich werde mich nicht hinter die Sieben Berge abschieben lassen. Das hier, der Wald, das ist mein Land. Das ist meine Heimat. Und ich liebe meine Heimat. Es ist dies das Land meiner Väter und Vorväter. Meine Ahnen haben dieses Land unter Einsatz ihres Lebens immer wieder verteidigt. Mich bringt hier nichts weg. Keiner und niemand. Bis zu meinem Ende werde ich hierbleiben. Darum sage ich auch ja zu allem, was ihr von mir verlangt. Ob ich mich auch wirklich an alles halte, kann ich nicht versprechen. Aber ich werde mich bemühen."

Dixi Dax hatte nichts anderes erwartet. Zu gut kannte er Fuxi Fox. Er meinte sogar, dass ihm diese offene und ehrliche Antwort lieber sei, als ein schnelles, billiges Zustimmen, nur um der Strafe zu entgehen. Dabei blickte er hintereinander Hermann, den Achtzehnender und Joseph, den Rehbock an. Kurz nur, flüchtig, keinesfalls eine Antwort erwartend, um dann fortzufahren und Fuxi Fox mitzuteilen, was sich die Gerichtsbarkeit von ihm erwarte, womit er seine Bemühungen unter Beweis stellen könne.

Er wisse, begann Dixi Dax, dass er, Fuxi Fox, von Frauen wenig nur halte, dass er ihre Leistungen nicht zu schätzen wisse, ja, dass ihm gar nicht bewusst sei, was Frauen überhaupt leisten. Eben deswegen habe das Gericht beschlossen, dass er, Fuxi Fox, wenn er die Zukunftsbedingungen erfüllen und im Walde bleiben wolle, sechs Monate hindurch klassische Frauenarbeit verrichten müsse. Ab morgen könne er loslegen. Erst vier Wochen bei Hasenmama Gräulich und ihren sechs Kindern. Dann vier Wochen bei Hermeline und ihrer kranken Mutter. Dann vier Wochen bei Guru Hüpf, die alleine zwei Kinder großzieht und als Känguru freiwillige Botendienste verrichtet. Dann vier Wochen bei …

„Schon gut, schon gut, schon gut!", unterbrach Fuxi Fox die Litanei von Dixi Dax. Er habe ja gesagt, dass er das mache. Und er mache das auch.

In der Zwischenzeit sind nicht nur die sechs Monate vergangen, in denen Fuxi Fox Frauenarbeit verrichtete. In der Zwischenzeit sind drei Jahre ins Land gezogen. Drei Jahre, in denen sich gar vieles getan hat.

Weil Dixi Dax und seine Freunde, die alten wie die neuen, die von hüben wie die von drüben, der festen Meinung waren, dass das Gute stärker sei als das Böse, dass die Liebe stärker als der Hass, wurde das Prinzip, täglich eine gute Tat zu vollbringen und den Nächsten zu lieben wie sich selbst, zur obersten Prämisse erhoben.

Man half einander. Einer unterstützte den anderen. Wo immer jemand Hilfe brauchte, irgendwer fand sich und griff zu. Selbst den Ratten, Mardern und Iltissen, die zuvor nur das Zubeißen und Zuschlagen gewohnt waren und klare Anordnung von oben brauchten, um etwas zu tun, fanden Spaß an diesem neuen Tun. Und waren stolz darauf, wenn sie helfen konnten und jemand „Danke! Danke für deine Unterstützung!" sagte.

„Andere klein zu machen, macht dich nicht groß!", bemühte sich Dixi Dax immer wieder, ehemaligen Raufbolden und Kampfhähnen die Stacheln zu ziehen. Gegenseitiges Vertrauen sei das Ziel. Denn Misstrauen schaffe Neid. Neid schaffe Hass. Und Hass schaffe Krieg. Und den wolle man nicht. Nie wieder. Denn der Preis des Krieges sei immer das Leben. Und dieser Preis sei immer zu hoch.

„Kinder werden nicht mit Hass in Leib und Seel' geboren. Hass wird gelehrt und gelernt. Wenn Hass aber erlernt werden kann, dann kann er auch wieder verlernt werden. Und es kann stattdessen die Liebe erlernt werden." Tschäki Tschak, der Goldschakal, unterrichtete nicht nur die Kinder in Wald, Wies und Acker. Er brachte auch vielen Großen Achtung und Respekt voreinander bei und lehrte die einstigen

Feinde wie Brüder zu leben.

Samba, der Tiger, lehrte die Jugend, mit den ihnen geschenkten Kräften sorgsam und verantwortungsvoll umzugehen. Und sie keinesfalls des Sieges willen für den Kampfe einzusetzen. Der ist stark, der dem Schwachen hilft. Und der zeigt wahre Größe, der den Kleinen unterstützt.

Loxodonta, der Elefant, selbst schon bald siebzig und im Greisenalter, vereinte die Omas und Opas aus Wald, Wies und Acker. Und in Kursen, Seminaren und Vorträgen gaben sie ihr altes Wissen weiter und lehrten den Umgang mit längst verlernten Fertigkeiten. Und stellten ihr Können all jenen zur Verfügung, die es brauchen konnten.

Weil die Alten ein langes Leben hinter sich hatten und dadurch viele Geschichten kannten, und weil sie diese Geschichten so erzählen konnten, dass man gerne ihnen zuhörte – spannend, erlebnisreich, voller Überraschungen – wurden sie als Märchenerzähler geschätzt und hatten eine wichtige Funktion in der Kinderbetreuung. Andere beherrschten die alte Kunst des Weidenflechtens und gaben diese weiter. Und wieder andere hatten langjährige Erfahrung im Brennen von Ton oder im Schnitzen von Holz oder im Dreschen des Kornes und stellten diese Fertigkeiten der Allgemeinheit zur Verfügung.

Und die vielen Fremden - in der Zwischenzeit

immer mehr zu Freunden geworden - gaben den Heimischen ihre Erfahrungen, ihre Erkenntnisse, die sie mit den Naturkatastrophen in ihren alten Heimatländer gemacht hatten, weiter und gemeinsam wurden Ideen entwickelt, wie man der Dürre vorbeugen, wie man Wasser speichern, wie man sich vor der Flut schützen, wie man Hunger verhindern kann. Gemeinsam wurden Maßnahmen ergriffen, Projekte umgesetzt, die der Natur wieder auf die Beine halfen und Wald und Wies und Acker zum blühenden Paradiese machten.

„Den Kopf erhellen! Das Herz erwärmen!" Viktor, der junge Steinadler, ein hochintellektueller und sehr engagierter junger Freund von Dixi Dax, erarbeitete unter eben diesem Titel ein Kursprogramm für die Waldakademie, das die Lust aufs Lernen mit der Freude am Dasein vereinte. Spannende, zukunftsweisende Themen rund um das Gestern, Heute und Morgen, Gedanken für das Hirn, für die grauen Zellen, wurden ebenso geboten wie Momente rund um Sport, Spiel und Freizeit. Da wurde über die Aufhebung des Privateigentums ebenso diskutiert wie über Shakespears „Macbeth", wurde im Chor gesungen, Theater gemacht und Schach gespielt.

Die meisten der Ratten, Marder und Iltisse aus dem einstigen Kriegsheer des großen Führers passten sich rasch und relativ problemlos den neuen Bedingungen an. Nicht nur, dass sie freiwillig ihre Waffen in die Schlucht warfen und ihre zuvor akkurat gestutzten

Felle wieder wachsen ließen. Auch ließen sie sich von Hephaistos, dem bulligen Bisson zeigen, wie aus Schwertern Pflugscharen gemacht werden. Helios, der Feuervogel, brachte ihnen bei, die Kraft der Sonne zu speichern. Aquarius, der junge Delphin, führte ihnen vor, wie leicht es sich auf dem Wasser treiben lässt und wie einfach im Fluss von A nach B zu kommen ist. Und Aeolus, der Weißkopfguan, lehrte sie, den Wind für ihre Arbeiten zu nutzen und durch ihn das Korn zu Mehl werden zu lassen.

Euripides, das so wandlungsfähige Chamäleon, lehrte sie das Bühnenspiel; Orpheus, eine sangesfreudige Nachtigall, führte sie in den Lied- und Chorgesang ein; Anna-Katharina Pavlova, die Angoraziege, startete einen Brake-Dance-Kurs und Rubens, der kleine, dicke Koalabär, bot Workshops in Aquarellmalerei und Aktzeichnen an. So gab es ein äußerst reichhaltiges Kultur- und Freizeitangebot und das Bedürfnis nach Bier wurde weniger und weniger.

In den ersten sechs Monaten nach der Kriegserklärung durch Fuxi Fox und der unmittelbar darauf erfolgten Kapitulation, konnte man Hermann, den Achtzehnender, weit über den Wald hinaus aus voller Brust singen hören, wie viele Straßen er noch gehen müsse, bis die weiße Taube endlich Friede bringe. Weil sein Gesang so gut gefiel und immer öfter die Aufforderung kam, „noch eines, noch ein Lied!", „Bitte, bitte: Imagine", „und jetzt: avanti popolo", und weil er selbst immer mehr Freude am Singen fand, beschloss er, nach der einjährigen Probezeit (die ihm vom Kriegsgericht auferlegt wurde) und dem umjubelten Auftritt beim Friedensfest zu Pfingsten (dem Prüfungstest), einfach weiterzumachen und als Troubadour, als Friedens- und Protestsänger durchs Land zu ziehen und allerorten die Botschaft von der Liebe zu verbreiten.

Heinrich, der Steinbock, einst Chef der mächtigen GEWAPO, war Woche für Woche einen Tag lang quer durch Wald, Wies und Acker unterwegs, um ehemalige Folteropfer zu besuchen, sich bei ihnen zu entschuldigen, sie – so gut er konnte – zu unterstützen. Dabei sah er, wie viel Leid und Weh er und seine Kumpanen angerichtet hatten, welche Spuren, welche Narben an Leib und Seel sie hinterlassen hatten. Jedes gequetschte Auge, jede gebrochene Nase, jeder fehlende Finger trieb ihm die Tränen in Blick und Geschau und versetzte ihm einen Stich in das Herz. Und jedes Mal fragte er sich, wie das nur möglich war, wie sie nur so verrohen und verludern konnten. Wie es geschehen konnte, dass ein Wesen einem anderen Wesen, ein Geschöpf einem anderen Geschöpf mit grinsendem Blick die brennende Zigarette ins Auge drücken, die Hoden ausreißen, den Schwanz abschneiden konnte. Nachdem seine Zeit der Reue und Bewährung längst vorbei war, hielt Heinrich noch Vorträge über die Gräueltaten der GEWAPO und mahnte zur Achtsamkeit, auf dass sowas nie wieder geschehe. „Passen wir gut auf. Der Schoß ist fruchtbar noch, aus dem all das kroch!"

Ernst, das Murmeltier, einst einer der gefürchtetsten Sturmscharführer des Reiches, zerbiss bei seinem dreimonatigen Anti-Aggressions-Training zwar vierundzwanzig Strohmatten und zerschlug achtzehn Weidenkörbe. Aber das wirkte. Er schloss die Ausbildung mit Auszeichnung ab und ist seither als beliebter Streetworker im Jugendzentrum tätig, wo er jungen Menschen bewusst macht, dass mit Gewalt keine Konflikte zu lösen sind.

Rata Tutu, die dicke Bisamratte, dereinst Stellvertreterin des Führers, begann ein Studium bei den besten Wasserbauexperten der Welt. Bei Ingenieuren, die den Drei-Schluchten-Damm am Jangtsekiang, den Nurek-Damm in Tadschikistan, den Owen-Damm in Uganda oder den Chapeton-Damm in Argentinien planten. Und die so zu einer bedeutenden Expertin wurde und dem Land zwischen Wald, Wies und Acker viel Gutes tat. „Für all das Schlimme und Schlechte, das ich verbrochen habe, möchte ich mich entschuldigen und durch mein jetziges Tun ein klein wenig gutmachen!" Zahlreiche Flutvorkehrungen und ein ausgeklügeltes System an Wasserbehältern und Trinkbrunnen in Wald, Wiese und Acker sind das Ergebnis ihrer Bemühungen.

Der Rehbock Joseph, damals ein Stellvertreter von Fuxi Fox, Propagandaminister und der meistgehörte

Redner des Landes, wandelte sich – im wahrsten Sinne des Wortes – vom Saulus zum Paulus. Vom größten Schreihals aller Zeiten zum still-bescheidenen Familienvater, zum liebenden Gatten, zum fürsorglichen Papa und Opapa. Nachdem ihm – zu seiner Bewährung – von allen Seiten die Lügen vorgehalten wurden, die er über Jahre über Wald, Land und Volk verbreitet hatte, war ihm das Maul reichlich gestopft. Zwar erzählte er weiter Märchen, Sagen und Geschichten. Aber keine Märchen mehr vom Endsieg und dem tausendjährigen Reich, die er einst dem reinrassigen arischen Volke auftischte. Vielmehr waren es nun Märchen von Friede, Liebe und Freiheit, von Menschlichkeit und gegenseitiger Achtung, die er seinen zahlreichen Enkelkindern erzählte, von denen manche in ihrer Gesamterscheinung durchaus fremdländische Einflüsse zeigten und überhaupt keine Ähnlichkeit mit ihrem Großvater, dem leicht lahmenden Rehbock, hatten.

Nicht ganz so einfach, problemlos und rasch vollzog sich der Wandel von Fuxi Fox, dem Herrscher über das tausendjährige Reich, dem Führer des arischen Volkes, dem größten Feldherrn aller Zeiten … zum friedliebenden Bürger, zum demokratischen Zeitgenossen, zum frauenakzeptierenden Mann. Zwar sagte Fuxi Fox schon damals – als der noch gar nicht begonnene Krieg auch schon wieder beendet war – dass er sich bemühen werde, all die Forderungen der Siegermächte zu erfüllen. Dass das zwar nicht einfach werde, das wisse er, sagte er. Aber er werde alles tun, um im Wald, in seiner Heimat, im Land seiner Ahnen und Urahnen zu bleiben, versprach er. Dass das dann aber so schwierig werden könnte, wie es wirklich wurde, das hatte er sich nicht gedacht.

Es begann damit, dass sich die erste Station seiner Bewährungsprobe bei der Hasenmama Gräulich und ihren sechs Kindern befand. In deren Sasse, einem sehr beengten Wohnraum, hatte alles seinen festen Platz, musste Tag für Tag alles sauber eingeräumt sein. Mama Gräulich hatte das fest im Griff. In der Früh die Kinder wecken, Frühstück machen, die Kleineren füttern, für die Größeren, die Schulgänger, die gesunde Jause herrichten, die Kinder anziehen, dazwischen Geschirr waschen, abtrocknen, wegräumen. Die einen in die Krabbelstube, die anderen zum Unterricht bringen. Ein Gespräch mit dem Lehrer, weil Lampe, der Älteste, nicht so recht tut, was der Lehrer will. Schnell nach Hause, zur kranken Mutter schauen, sie waschen, in den Rollstuhl setzen, ihr die Medikamente einflößen, die sie nicht nehmen will. Alle Betten machen, Wäsche waschen, dann raus in den Garten. Umstechen, Kohl ansäen, Karotten ernten. Rein in die Küche, Mittagessen vorbereiten. Blick auf die Uhr, gleich müssen die Kleinen wieder geholt werden …

Fuxi Fox wurde es am ersten Tag schon schwindelig. Obwohl er nichts tat, nur zuschaute. Ein Wahnsinn, was es da alles zu tun gab und in welchem Tempo das Ganze zu geschehen hatte. Als er am zweiten Tag beim Abtrocknen des Geschirres half, ließ er – unbeholfen, wie er sich anstellte – prompt eine Schüssel fallen, die in tausend Teile zerfiel. Weil er sich beim zusammenklauben der Scherben ordentlich in die Hand schnitt, musste er von Frau Gräulich verarztet und verbunden werden. „Also große Hilfe sind sie mir keine!"

Ein paar Dinge gingen dann doch, ein paar Sachen konnte bald mal auch Fuxi Fox selbständig erledigen: Die Kinder zur Schule bringen, sie wieder abholen, mit ihnen am Nachmittag draußen spielen, während Frau Gräulich die Wäsche bügelte, Hosen flickte, Socken stopfte und die Geburtstagstorte für den Kleinsten zubereitete. Wenn Fuxi Fox dann aber mit der Rasselbande vom Herumtollen im Schlamm in die Sasse zurückkehrte, dann war es wieder die Hasenmutter, die aufzuräumen und den ganzen Dreck wegzuputzen hatte. Das gehörte noch nicht zum Lernprogramm von Fuxi Fox.

Am fünften Tag war es, als Frau Gräulich Fuxi Fox bat, den Leibstuhl ihrer Mutter zu leeren und zu reinigen. Fuxi Fox versuchte es, ihm wurde dabei aber schlecht. Er musste sich übergeben und die Hasenmutter hatte nicht nur dir Scheiße ihrer Mutter sondern auch noch die Speibe des Kerls wegzuräumen, der sich vor gar nicht so langer Zeit als größter Feldherr aller Zeiten aufspielte.

Als nach zwei Wochen Einschulzeit Frau Gräulich – wie vereinbart – auf die ihr vom Arzt verordnete Kur fuhr und Fuxi Fox allein für Haus, Garten, Kinder, Mutter zuständig war, war das Chaos perfekt und Dixi Dax, Uku Lele, Krakra und manch andere mussten feste mithelfen, damit nicht alles zusammenbrach. Fuxi Fox war schlichtweg überfordert. Und fragte sich erstmals, wie Frauen all das nur schaffen konnten.

Auch am zweiten und dritten und vierten Bewährungsort wurde es nicht besser. Überall traf Fuxi Fox auf Frauen, die Unglaubliches leisteten, die Dinge vollbrachten, zu denen er niemals fähig gewesen wäre. Nicht nur das Kochen und Putzen, die Versorgung der Kinder, die Pflege der Eltern und Schwiegereltern. Da gab es auch das viele Andere. Die dreckige, vollgeschissene Unterhose, die der Göttergatte einfach nur in eine Ecke pfefferte. Das frisch gebügelte Hemd, das er jedem Morgen erwartete. Den Zuspruch, den er brauchte, wenn es ihm einmal nicht so gut ging. Die Schimpfe und Schläge, die sie einzustecken hatte, wenn er der Überzeugung war, dass sie etwas falsch gemacht hatte.

Die hundert Paar Socken, die in einer Großfamilie anfallen und die es nach jedem Waschen wieder paarmäßig zusammenzubringen galt. Den Kindern bei der Hausaufgabe helfen, sie abfragen, auf den Test vorbereiten. Die Elternsprechstunden in der Schule wahrnehmen. Die Haustiere der Kinder versorgen, sie füttern, ihre Käfige reinigen. Arztbesuche koordinieren, Geburtstagsfeste vorbereiten, Weihnachtsgeschenke besorgen. Dazu noch die fruchtbaren und unfruchtbaren Tage berechnen, ihm klar machen, dass heute lieber nicht. Darauf erst seinen Frust ertragen, dann ihn besänftigen und ihn schließlich doch noch befriedigen.

Und dann, wenn um Mitternacht endlich alles erledigt ist und sie sich gerade in Ruhe hinsetzen will, schreit ein Kind, von Alpträumen geplagt auf und ruft nach der Mutter, die es zu beruhigen hat. Oder ein anderes Kind hat Zahnweh oder Halsweh oder Ohrenweh, weint nach der Mama, die Wärmeflaschen richtet, Wickelumschläge macht, Kamillentee kocht und die ganze Nacht über am Krankenbett wacht.

Es war eine harte Schule, die Fuxi Fox da durchmachte. Und es dauerte lange, sehr lange, bis er nur einen Teil dessen beherrschte, was Frauen mit links zu leisten fähig waren. Und so musste er sich denn bald auch mal eingestehen, dass seine ursprüngliche Meinung, dass Frauen nichts können und nichts wert seien, nicht unbedingt der Realität entsprach. Dass er mit seiner alten Ansicht, dass Frauenarbeit eine lächerliche Selbstverständlichkeit sei, die gesellschaftlich nicht von Bedeutung, ziemlich falsch lag. Nur allzu gut erinnerte er sich, wie er sich über all die „Weibersachen" lustig machte, damals, als ihm Dixi Dax von seiner Schwester vorschwärmte. Kochen und den Haushalt führen und die Kinder und die Alten zu versorgen, das sei ja nun wirklich keine Leistung, das sei ja das Letzte, gerade gut genug eben für Frauen, für die Weiber. Wie sehr doch hatte sich seine Meinung in diesen Wochen und Monaten der Bewährungsarbeit geändert.

Als er dann auch noch Dienst bei Kudu, einer äußerst attraktiven Antilopendame tat, die mit ihren zwei Kindern aus Afrika geflüchtet kam, war es um Fuxi Fox und sein bisheriges Frauenbild völlig geschehen. Nicht allein wegen der Grazilität der jungen Frau. Viel mehr wegen ihrer Klugheit. Sie beherrschte sechs verschiedene Sprachen perfekt und es gab nichts, worüber man mit ihr nicht reden konnte. Über Einsteins Relativitätstheorie wusste sie ebenso Bescheid wie über Bachs Kunst der Fuge; aus Goethes Faust zitierte sie genauso wie aus Friedrich Engels Ursprung der Familie.

Weil Kudu anmerkte, dass sie medizinische wie physikalische Kenntnisse und Fähigkeiten habe und in ihrer Heimat sowohl im Pflege- als auch im Laborbereich tätig gewesen sei, wurde sie gebeten, tagsüber im neugeschaffenen Waldkrankenhaus mitzuhelfen. Was sie gerne tat. Dafür erhielt sie von der Wald-, Wiesen- und Ackergemeinschaft Aufenthaltsrecht, Gratisunterkunft und die kostenlose Betreuung ihrer zwei Kleinkinder in der Zeit ihres Tuns im Krankenhaus.

Während seiner Arbeit bei Kudu, während der Betreuung ihrer Kinder, der Essenszubereitung, dem

Geschirrwaschen und dem Staubwischen, entdeckte
Fuxi Fox in dem hohen Regal zwischen den zwei
Fenstern eine Reihe von Büchern, auf deren Rücken
Fotos einer Frau zu sehen waren, die Kudu, der Dame
des Hauses und Mutter der zwei Kinder, sehr ähnlich
sah. Weil Fuxi Fox neugierig wurde, nahm er ein Buch
ums andere herunter und starrte mit offenem Mund auf
die Deckblätter. Es war wirklich sie, Kudu, die Anti-
lopenfrau aus Afrika, die all diese Bücher – sieben waren es an der Zahl – geschrieben hatte. „Untersuchun-
gen über Radioaktivität" hieß eines, „Nukleare Stu-
dien" ein anderes. „Zelluläre Information und Nach-
richtenübertragung" lautete der Titel von einem, „Ra-
dioimmunologische Methoden" der Titel von einem
anderen. Und Fuxi Fox staunte noch mehr und brachte
sein Maul überhaupt nicht mehr zu, als er auf den Um-
schlagdeckeln der Bücher zu lesen bekam, dass die
Autorin das Studium der Medizin ebenso abgeschlos-
sen habe wie das der Physik. Kudu, die Antilopendame aus Afrika, zweifache Doktorin! Unglaublich!

Spätestens von dem Tag an stand für Fuxi Fox eines fest: Frauen sind die besseren Männer! Vor einem
halben Jahr hätte er sich kaputt gelacht, wenn das wer
gesagt hätte. Für verrückt und geistig verwirrt hätte er
jeden bezeichnet, der derlei behauptet hätte. Und hätte
ihn wahrscheinlich der GEWAPO übergeben, die ihn
ob solch einer Behauptung garantiert gerädert und ge-
vierteilt hätte.

Als die halbjährige Bewährungszeit von Fuxi Fox um war, hatte er sich, wie vereinbart, beim Wald-, Wiesen- und Ackergericht zwecks Überprüfung der Einhaltung der getroffenen Vereinbarungen zu melden. Neben Dixi Dax waren auch Uku Lele und Krakra und Tschäki Tschak und Simba und Loxodonta und all die anderen Mitglieder der hohen Gerichtsbarkeit vertreten, als man sich unter dem ehemaligen Feldherrenhügel – der zum Platz der Ewigen Freundschaft umbenannt wurde – traf.

Natürlich hatte man sich auch die letzten sechs Monate immer wieder mal getroffen, ist sich hier wie da über den Weg gelaufen, hat sich freundlich gegrüßt, hat ein paar Worte miteinander geplaudert. Und natürlich hat sich herumgesprochen, dass Fuxi Fox seine hausfraulichen Tätigkeiten nach längerer Übungszeit prächtig meistere und kaum mehr etwas von seinem herrischen Gehabe zu spüren sei. Trotzdem war die hohe Gerichtsbarkeit äußerst überrascht vom zurückhaltenden, friedlichen Gehabe des einstigen Großmauls. Und gar mancher traute diesem neuen Bild nicht, sah dahinter ein gemachtes Getue, ein Vortäuschen falscher Tatsachen. Doch Fuxi Fox machte rasch klar, wie ernst es ihm war, überzeugte die Skeptiker schnell mal mit seinen behutsam gewählten Worten, die nichts mehr mit den herrischen Befehlstönen von damals zu tun hatten.

Dass er ihnen allen – vor allem Dixi Dax, seinem

alten Freund – dankbar sei, dass sie ihn diesen Weg der Reue und Demut gehen haben lassen. Er habe vor einem halben Jahr nicht daran geglaubt, dass er sich groß ändern werde, dass sein Denken von einem Extrem ins andere umschlagen werde. Aber genau das sei geschehen. Sechs Monate hindurch habe er nun Tag für Tag mehr erkennen müssen, dass seine einstige Überzeugung, mit männlicher Härte, mit Stärke und Kraft, mit Zucht und Ordnung, die Welt zu beherrschen, ein völlig falscher Ansatz war. Vor allem eines habe er durch sein Tun erlernt. Etwas, was ihm Dixi Dax schon vor langer Zeit klarzumachen versuchte: dass Frauen für unser gemeinsames Leben, für unser aller Dasein, mindestens ebenso wichtig seien wie Männer. Dass es ihm leid tue, wie verächtlich er oft von Frauen sprach, wie verletzend er sich ihnen gegenüber verhielt. Jetzt erst sei ihm bewusst geworden, zu welchen Leistungen Frauen fähig seien. Nicht nur ihre Leistungen um Haus und Familie, um Gattenpflege, Kindererziehung, Altenbetreuung. Auch ihre Leistungen auf geistigem Gebiete, ihr Wissen, ihr Können. Ihr Denken in völlig anderen Bahnen als unser männliches Denken. Ein Denken, nicht von Macht und Kraft und Stärke geprägt, sondern von Liebe, Hilfsbereitschaft und Fürsorge.

Dixi Dax begann äußerlich leicht zu schmunzeln, während er innerlich richtig auflachte, weil er bestätigt bekam, was er ursprünglich annahm und worauf er hoffte. Andere – die nicht so recht an den Wandel von

Fuxi Fox glaubten – standen ungläubig da und hörten gebannt zu. Sie konnten nicht glauben, was sie da zu hören bekamen: Fuxi Fox, einst ärgster Frauenhasser, Feind und Gegner, radikaler Mißachter aller Emanzipationsbestrebungen, ein Feminist? Einer, der damals Frauen als dumm und faul und berechnend bezeichnete, jetzt als deren Fürsprecher?

„Wir brauchen die Frauen. Dringend. Die Welt ist aus dem Gleichgewicht geraten. Unsere Erde droht zu kippen. Unser aller Dasein ist gefährdet. Also müssen wir gegensteuern. Rasch und schnell. Und gemeinsam. Mann und Frau. Frau und Mann. Wir dürfen das Wissen und Können der Frauen, ihre Fertigkeiten, ihre Intelligenz nicht weiter einfach links liegen lassen, so tun, als würde es sie nicht geben. Es ist wissenschaftliche erwiesen, dass Frauen einen höheren IQ haben als Männer. In den Schulen schneiden die Mädchen bei all den Tests besser ab als Burschen. An den Unis überragen die jungen Frauen mit ihrem Wissen bei weitem die jungen Männer. Es wäre grob fahrlässig und ein Vergehen an der Zukunft unserer Kinder, wenn wir dieses Wissen und Können nicht nutzen würden.“

Wie ist das möglich?, fragte sich Tschäki Tschak, der von Fuxi Fox einst beschimpft und aus dem Land getreten wurde. Wie ist das möglich?, fragte sich auch Uku Lele, die mit eigenen Augen und Ohren mitbekam, wie Fuxi Fox damals Cleopatra, das arabische

Silberwürmchen, als Hure und Schlampe beschimpfte und als unwürdiges Weibsbild, ausländisches, einfach zertrat. Selbst Dixi Dax fragte sich, wie das möglich sei. Denn dass Fuxi Fox neben seiner Frauenverachtung auch seine Überzeugung, dass es keine Klimaveränderung gebe, aufgab, das war damals, mit seiner Bewährungsauflage, eigentlich gar nicht geplant. Daher war das für ihn – für Dixi Dax' – eine umso schönere Überraschung, eine umso größere Freude. Und nicht nur für ihn. Auch alle anderen war schlichtweg erstaunt. Dabei war Fuxi Fox nicht mal fertig mit seinen Ausführungen.

„Es liegt an uns Männern, uns von unserem Männerbild zu verabschieden, uns von einem Männerbild zu befreien, das vielleicht einige Vorteile für uns Männer hatte, das die Welt aber zugrunde gerichtet hat. Jetzt geht es ums Überleben. Ums Überleben von uns allen. Und überleben werden wir nur, wenn wir die Zukunft gemeinsam angehen. Miteinander. Mann und Frau. Mit all unserem Wissen, unseren Fähigkeiten und Fertigkeiten."

„Bravo!", rief Rata Tutu, die zwar nicht dem hohen Gerichte angehörte, aber wie viele andere auch als Zuhörerin dabei war, und begann gleichzeitig zu applaudieren. Auch andere stimmten in das Klatschen ein. Und Uku Lele, die weise Eule, musste, als Vorsitzende des Gerichtes, einschreiten, um Ruhe bitten und den Zuhörerinnen klar machen, dass sie der Verhandlung zwar beiwohnen, aber keine Kommentare abgeben dürfen.

„Ich hatte einen Krieg geplant und begonnen. Ich war sogar stolz auf diese Idiotie. Auch damals waren Frauen nicht eingebunden, hatten keine Entscheidungsmacht. Hätten sie Entscheidungsmacht gehabt, die gleiche Entscheidungsmacht wie wir Männer, sie – Mütter von Kindern, Ehefrauen, Schwestern, Töchter – sie hätten solch einem Krieg niemals zugestimmt. Wenn Frauen entscheiden würden, dann würde es keinen Krieg geben. Und vieles andere Schlimme auch nicht. Aber es sind ausschließlich Männer, die entscheiden, wohin uns der Weg führt. Schauen wir uns doch um: Es sind Männer, die die Welt so zugerichtet haben, wie sie ist. Männer wie ich. Ich, Hermann, Joseph, Ernst … Männer, die sich unglaublich gut und wichtig vorgekommen sind. Und meinten, alles zu wissen, den richtigen Weg zu kennen. Und falsch machten, was man nur falsch machen kann. Es tut mir leid, es tut mir schrecklich leid, alles, was ich an Schlechtem getan habe. Und viel Gutes gab es nicht, was da dabei war.“

Und er riet dem hohen Gericht, möglichst viele Frauen in die unterschiedlichsten Gremien zu holen. Er lobte die Entwicklung seiner einstigen Stellvertreterin Rata Tutu zur führenden Technikerin des Landes und führte diese als Beispiel an, welche ungeahnten Fähigkeiten gerade in Frauen stecken, die niemals hervorgeholt würden. Und er erwähnte Kudu, die afrikanische Antilopendame, die den Doktortitel in Medizin wie den in Physik habe, die sieben hochwissenschaftliche Bücher geschrieben habe und deren Wissen und Können für die Gemeinschaft ein riesiger Reichtum sein könnte, wenn sie denn zur Anwendung kämen.

Natürlich wurde Fuxi Fox erlaubt, weiterhin im Walde zu wohnen und zu leben. Er habe seine Bewährungsaufgaben mehr als erfüllt, meinte Uku Lele, die Gerichtsvorsitzende. Und Kraka, der Rabe, nickte und meinte: „beachtenswert, wirklich beachtenswert!" Und nachdem Uku Lele auf den Tisch klopfte und die Versammlung für beendet erklärte, durften nun auch die Zuhörerinnen applaudieren und ihren Senf zur Sache abgeben.

Dixi Dax erhob sich vom Richterstuhl, ging zu Fuxi Fox und gratulierte seinem einstigen Freund zur großartig überstandenen Bewährungsprobe. Fuxi Fox bedankte sich, meinte, dass es so schwierig nicht war und streckte dann seine Hand aus, hielt sie Dixi Dax entgegen und fragte: „Wieder Freunde?!" Dabei blickte er mit offenem, lächelndem Auge. Und Dixi Dax blickte mit offenem, lächelndem Auge zurück. Er nahm die entgegengestreckte Hand, schüttelte sie erst kräftig, trat dann noch näher an Fuxi Fox heran, legte beide Arme um seine Schultern und umarmte ihn innig. „Freundschaft!"